椰城風雨
許少滄 著
楊宗翰 主編
菲律賓・華文風 叢書 01（長篇小說）

【主編序】

在台灣閱讀菲華，讓菲華看見台灣

——出版《菲律賓・華文風》書系的歷史意義

楊宗翰

很難想像都到了二十一世紀，台灣還是有許多人對東南亞幾近無知，更缺乏接近與理解的能力。對台灣來說，「東南亞」三個字究竟意味著什麼？大抵不脫蕉風椰雨、廉價勞力、開朗熱情等等；但在這些刻板印象與（略帶貶意的）異國情調之外，台灣人還看得到什麼？說來慚愧，東南亞在台灣，還真的彷彿是一座座「看不見的城市」：多數台灣人都看得見遙遠的美國與歐洲；對東南亞鄰國的認識或知識卻極其貧乏。他們同樣對天母的白皮膚藍眼睛洋人充滿欽羨，卻說什麼都不願意跟星期天聖多福教堂的東南亞朋友打招呼。

台灣對東南亞的陌生與無視，不僅止於日常生活，連文化交流部分亦然。二〇〇九年台北國際書展大張旗鼓設了「泰國館」，以泰國做為本屆書展的主體。這下總算是「看見泰國」了吧？可惜，展場的實際情況卻諷刺地凸顯出台灣對泰國的所知有限與缺乏好奇。迄今為止，台灣完全沒有培養過專業的泰文翻譯人才。而國際書展中唯一出版的泰文小說，用的還是中國大陸的翻譯。試問：沒有本土的翻譯人才，要如何文化交流？又能夠交流什麼？沒有真正的交流，台灣人又如何理解或親近東南亞文化？無須諱言，台灣對東南亞的認識這十幾年來都沒有太大進步。台灣對東南亞的理解，層次依然停留在外勞仲介與觀光旅遊——這就是多數台灣人所認識的「東南亞」。

東南亞其實就在你我身邊，但沒人願意正視其存在。台灣人到國外旅遊，遇見裝滿中文招牌的唐人街便備感親切；但每逢假日，有誰願意去台北市中山北路靠圓山的「小菲律賓」或同路段靠台北車站一帶？一旦得面對身邊的東南亞，台灣人通常會選擇「拒絕看見」。拒絕看見他人的存在，也許暫時保衛了自己的純粹性，不過也同時拒絕了體驗異文化的契機。說到底，「拒絕看見」不過是過時的國族主義幽靈（就像曾經喊得震天價響，實則醜陋異常的「大福佬（沙文！）主義」），只會阻礙新世紀台灣人攬鏡面對真實的自己。過往人們常囿於身分上的本質主義，忽略了各民族文化在歷史上多所交融之事實。如果我們一味強調獨特、純粹、傳統與認同，必然會越來越種族主義化，那又如何反對別人採用種族主義的方式來對付我們？與其矇眼「拒絕看見」，不如敞開心胸思考：跟台灣同樣擁有移民和後殖民經驗的東南亞諸國，難道不能讓我們學習到什麼嗎？台灣人刻板印象中的東南亞，究竟跟真實的東南亞距離多遠？而真實的東南亞，又跟同屬南島語系的台灣距離多近？

台灣出版界在二〇〇八年印行顧玉玲《我們》與藍佩嘉《跨國灰姑娘》，為本地讀者重新認識東南亞，跨出了遲來卻十分重要的一步。這兩本以在台外籍勞工生命情境為主題的著作，一本是感性的報導文學，一本是理性的社會學分析，正好互相補足、對比參照。但東南亞當然不是只有輸出勞工，還有在地作家；東南亞各國除了有泰人菲人馬來人，也包含了老僑新僑甚至早已混血數代的華人。《菲律賓・華文風》這個書系，就是他們為自己過往的哀樂與榮辱，所留下的寶貴記錄。

東南亞何其之大，為何只挑菲律賓？理由很簡單，菲律賓是離台灣最近的國家，這二、三十年來台灣讀者卻對菲華文學最感陌生（諷刺的是：菲律賓華文作家在一九八〇年代以前，一度以台灣作為主要發表園地）。（註一）東南亞各國中，以馬來西亞的華文文學最受矚目。光是旅居台灣的作家，就有陳鵬翔、張貴興、李永平、陳大為、鍾怡雯、黃錦樹、張錦忠、林建國等健筆；馬來西亞本地作家更是代有才人、各領風騷，隊伍整齊，好不熱鬧。以今日馬華文學在台出版品的質與量，實在已不宜再說是「邊緣」（筆者便曾撰文提議，《台灣文學史》撰述者應將旅台馬華作家作品載入史冊）；但東南亞其他各國卻沒有這麼幸運，在台灣幾乎等同沒有聲音。沒有聲音，是因為找不到出版渠道，讀者自然無緣欣賞。近年來台灣的文學出版雖已見衰頹但依舊可觀，恐怕很難想像「原來出版發行這麼困難」、「原來華文書店這麼稀少」以及「原來作者真的比讀者還多」——以上所述，皆為東南亞各國華文圈之實況。或許這群作家的創作未臻圓熟、技藝尚待磨練，但請記得：一位用心的作家，應該能在跟讀者互動中取得進步。有高水準的讀者，更能激勵出高水準的作家。讓我們從《菲律賓・華文風》這個書系開始，在台灣閱讀菲華文學的過去與未來，也讓菲華作家看見台灣讀者的存在。

＊註一：台灣跟菲律賓之間最早的文藝因緣，當屬一九六〇年代學校暑假期間舉辦的「菲華青年文藝講習班」（後改為「菲華文教研習會」）。此後菲國文聯每年從台灣聘請作家來岷講學，包括余光中、覃子豪、紀弦、蓉子等人。一九七二年九月廿一日總統馬可士（Ferdinand Marcos）宣佈全國實施軍事戒嚴法（軍統）之後，所有的華文報社被迫關閉，所有文藝團體也停止活動。後來僥倖獲准運作的媒體亦不敢設立文藝副刊，菲華作家們被迫只能投稿台港等地的文學園地。軍統時期菲華雖無出版機構，但施穎洲編的《菲華小說選》與《菲華散文選》（台北：中華文藝，一九七七）、鄭鴻善編選的《菲華詩選全集》（台北：正中，一九七八）卻順利在台印行面世。八〇年代後期，台灣女詩人張香華亦曾主編菲律賓華文詩選及作品選《玫瑰與坦克》（台北：林白，一九八六）、《茉莉花串》（台北：遠流，一九八八）。

自序

老友安倫兄跟其次子從加拿大回來。他舉家移民加拿大已有數十載。這次回來，除了探親，最大目的是其次子要來搜集有關戰後華僑在菲律賓的種種生活面，因為他現今正在撰寫博士論文，打算以他出生地菲華社會做為他筆下的對象——「二次世界大戰後的菲律賓華僑」。安倫兄便希望我能在他倆父子逗留菲境的兩個禮拜期間，幫助其次子搜尋一些資料。

「就麻煩你了。」安倫兄難為情說：「我看，就到幾間國立圖書館，或有關機構搜查，該是沒有問題了？」

「但最好也能走訪幾間有規模、具有歷史年代的華社組織。」我提議說：「因為是華社事，有時華社組織也會存有價值的文獻。」

「伯伯想得周到，謝謝得很。」安倫兄的次子先謝了我。他已二十四、五歲，長得高大又儀表非凡。

為趕在短短兩星期能搜全資料，我們三人每天是早出晚歸、馬不停蹄一處接一處造訪蒐集。

在搜集中，不知何故，每當搜索到相關二次世戰後五、六十年代的「菲化」與「赤化」事件，我心坎總會撩起一份難以言喻的愀愴感！而會將文件多瀏覽些時。

「菲化」與「赤化」是再創華僑另一場人間悲劇。

回顧那時期，華僑猶似受到什麼詛咒，苦難是那樣如膠似漆緊隨著。才剛剛擺脫日本鬼子的蹂躪，「菲化」與「赤化」風潮，便雲起浪湧衝擊而來；而華僑，只有再一次充分展現出無以倫比的堅毅意志力，來化解危機。

於是，在我一方面為安倫兄次子搜集資料時，一方面便興起想藉那個年代為背景，寫出一篇有關華僑的當年生活故事。

因為是故事，是以，為配合情節發展，我沒有順著時間點所發生的事而寫；例如：菲國防部發動大規模逮捕華僑共嫌——史稱「禁僑案」，是發生在「零售商菲化案」之前，我卻倒寫過來。

因為是故事，是以，冀望能藉通俗化擴大緬懷先僑忍辱負重、不屈不撓的卓越能耐精神。

目次

上篇

一

林勁輝畢業聖大醫學系後，繼續在肺部方面學有專長，本來是應該更上層樓出國深造，以期將來有了留美或留日的銜頭，方可進入名醫院行醫；然而，很可惜，父親的菜仔店（註一）生意，能夠栽培他們兄弟妹個個都接受到良好的教育，已不是一樁容易的事，要是再進一步供給留學，恐怕是無能為力了。因此，林勁輝只有另作打算。他曾經聽人家說，好多像他這樣沒有經濟能力留學的學醫者，都是先到鄉鎮打基業去。在那裏行醫了一年半載，闖出了小名堂，經驗也更老到了，再回岷尼拉掛牌行醫。

可是，他卻不知要到哪處鄉鎮的醫院去。

於是，他請教領他臨床實習的那位治療肺部專家的李頓醫生。

「以你如此的優越表現，卻不能出國繼續深造，著實令人遺憾。」李頓醫生得悉林勁輝的處境後，同情地說。他是一位菲律賓人，五十多歲，身體瘦瘦地。

「謝謝李頓醫生的關愛，但是這是沒有辦法的事。」林勁輝苦笑地說。

「那麼，你比較喜歡什麼樣的鄉鎮？」

「能以不須坐飛機或坐船過海即可，什麼樣的鄉鎮都一樣。」他恐怕父母親一聽到過海會不放心。

「你的意思是說，以呂宋為首選。」

「要是方便的話。」林勁輝有些不好意思。

「很是湊巧，」李頓醫生忽然想起什麼，提高嗓子說：「前幾天三描禮省依瑪市的市立綜合醫院給我來函，說他們那邊需要一位肺部專家，拜託我能代他們在岷市物色一下。」李頓醫生一面說，一面在一疊文件裏尋找著那信函。

「那……那我可以申請嗎？」林勁輝喜出望外地問。

李頓醫生瞟了林勁輝一眼。「你可知道三描禮省在那裏嗎？」

「要是我不錯的話，是在呂宋中西部。」林勁輝小心地說。

「所以，路程說遠雖不遠，可也不是很近。從岷尼拉乘車去，總需要三個多小時的車程，是不能常常回家的。」

「我曉得。」林勁輝點點頭。

「這樣說，你不介意地方有些遙遠？」

「這不是問題。」

「那很好，你不必申請，我就推薦你過去。」

「謝謝李頓醫生。」林勁輝沒想到事情會這麼樣順利。

一星期後，醫院寄來了一份兩年的協約書。

告辭李頓醫生，背上行囊，林勁輝搭上開往三描禮省依瑪市的長途公共汽車。

一路上，陽光普照，新開闢的北線高速公路又寬敞又平坦，透過車前玻璃窗放眼眺望出去，公路筆直地一直伸展至天地一線的盡頭，猶如一條巨大的匹練自九霄雲外奔瀉下來。據說，這是開東南亞最長的高速公路。的確地，這幾年來，菲國在各方面的長足建設是驚人的；而高速公路兩旁那一片廣漠無邊的綠油油稻田，更標榜著菲國農村的富裕、老百姓的安居樂業，真所謂是「堯天舜日」；再根據統計，打從第二次世界大戰後，數十年來，菲律賓經濟的持續增長繁榮，在當今亞洲諸國裏，僅次於日本。

林勁輝坐在車廂裏，既有調空設備，坐墊又是那種厚厚的海綿，又柔又軟。這種新穎設計的公共汽車，據說，亦是最近才從日本進口的。奔馳在平坦的路面上，林勁輝真是生平第一遭乘上如此舒暢又平隱的車子。

唯美中不足的，菲律賓四年一度的總統選舉剛剛結束。車窗外，高速公路兩旁那充滿火爆的什麼「菲人第一」、「華人滾出菲律賓去」、及「咱們需要更多的菲化案」……等等的候選人煽動標語，尚一幅接連一幅懸掛在空中隨風飄盪，不僅有些破壞田間的幽雅氣息，林勁輝心頭恍恍惚惚也感染著一種潛伏的不安。

他一面望著車外，一面不禁地想：歷史的錯誤，將東南亞諸國置於殖民地之下。所幸，到了第二次世界大戰後，人類尊嚴的覺醒，大家方始認識到，人與人之間唯有互相尊重，世界才有永恆的和平；於是，殖民地便紛紛醞釀自主獨立，可以說，這是劃時代的一件大好事。然哪裏想得到，事情節外生枝，民族主義若無孔不入的水銀，到處亂鑽，趁虛而入。華僑在東南亞一帶謀生，世代以還，他們的勤勞節儉於當地創下了經濟上的優厚地位，可他們的保守傳統文化，在生活上所形成的自我設限，卻無形中跟當地人保持了距離；由距離所產生的隔膜，彼此無從溝通、缺少了解，終而導致諸多誤會，排華風暴就由此席捲而來。於菲律賓，華僑的不受歡迎，所謂「米麥業菲化案」、「公共菜市菲化案」，還有影響華僑生活最深最鉅的「零售商菲化案」……等等。條條如那又粗又大的繩子一條繼一條地往華僑脖子上套了又套，幾乎窒息了華僑的出路；而最令人可悲可歎的，民間仇外的民族主義心理，照理，政府應該給予疏導才對，可政客們為著自身的選舉利益，非但沒有如此做；相反地，還乘機煽風點火，興風作浪，製造更多的誤會與仇恨……

車子來到邦邦牙省，便開出了高速公路；而後，就進入山區，在蜿蜒的山路行駛一段路程後，又恢復在平地奔馳。最後，終於抵達了目的地。

林勁輝伸一伸懶腰，站起身，舉手拿下放在車箱架上的輕便行李袋，魚貫地跟隨著乘客們下車來。

到廁所解溲一下，再走出車站。

瞧瞧腕上的手錶，已是差一刻下午一點鐘。

「先用中飯去。」他想。肚子已有些轆轆地響。

來到車站外，稍為佇立在人行道，一股熱氣馬上朝臉包圍過來。畢竟，是三月天了，暑夏已開始。林勁輝本能皺一皺眉，順手把行李袋往肩頭一扛，再整一整衣服，然後朝四周巡視一番，想找間館子，但首先映入眼簾的，是那整齊的市容，一間接一間繁榮的商店，及那熙熙攘攘的人群。他不禁又想：這樣一個小小的市鎮，居然也如此旺盛，難怪人家都羨慕菲律賓。他記得他就讀中學高中二年級時，那年暑假，他參加了華社主辦的「軍中服務團」到臺灣去。在臺灣，無論遇到什麼人，一聽他是從菲律賓來的，都會向他多瞧一眼；甚或還有人更不由得發出呼聲：「哦！你來自菲律賓！菲律賓很富庶。」那時候，他還懵懵然不大懂得世事，只明白其家境並非富有，對人家稱讚菲律賓，他覺得與他完全沒有什麼關係。

他伸出右手中指將眼鏡往鼻樑上托一托。所謂「光陰如流水」，古人的話一點都不錯。軍中服務的情境還歷歷在目，然曾幾何時，他中學而大學，再完成了醫學系。前星期，他想一旦到了依瑪醫院，怕有不時之需，便到裁縫店去添做了兩套白制服。在路上，他碰到一位他中學時代的同學，他幾乎不認識他了，還是對方先向他打招呼，他才記起他是誰。

「你是莊仲義。」林勁輝叫出他的名字。

「幸得你還認得我。」對方親熱地緊握住他的肩膀。

「細看之下，才從你的輪廓認出來。」林勁輝笑著說。

「不錯，輪廓是變不了的。」

「但是，還是你眼尖，先認出我。」

「其實，這麼多年不見，誰人不變呢？」

「就看你，變得好多了！」林勁輝說。

「可是以我看來，你變得較我還多。」

「嗄！真地嗎？」

「看你那五官端正的臉龐，」對方端詳著他。「眉宇之間似乎比前更英秀了，炯炯有神的雙瞳也更深黝慧黠了，面頰又那樣紅潤；即是那身材，我記得，中學時代是消瘦病弱的，現在卻長得高大又壯健。」

他哈哈大笑一聲，推一下對方，說：「你呀！才真的變多了，是打從什麼時候開始學會油腔滑調？」

「啊唷！好冤枉，我說的都是真話。」老同學大喊受屈。

……

林勁輝想到這裏不覺自我一笑。的確地，老同學說的話並非無中生有。就說他今天身上所穿的那件淺藍色短袖的翻領套頭恤衫，無意中已將他胸膛的結實肌肉襯托得筆直挺拔，令他益顯俊朗颯爽。

他再伸手將眼鏡往上托一托。然而，三年前他卻患了近視眼。

見不到餐館，他便轉換了念頭，「就到醫院去，在醫院裏用餐好了。」思念所及，心意立決。便攔住一位剛從他身邊經過的行人。

「先生！請問，如何到依瑪市立醫院去？」

「你就朝這鬧市一直走下去，」行人細心地指導著林勁輝。「到了第二個拐角，你便向右轉；然後又經過兩個拐角，再左轉，你就會瞧到一座三層水泥樓房，那就是依瑪市立綜合醫院。」

林勁輝向行人謝謝後，便照指示朝鬧市走去。

走到第一個拐角，他小心翼翼停下步來朝左右馬路瞧一瞧，以備跨越過去，卻忽然望見右邊不遠處有間小食鋪。便不由自主向食鋪走去。

這是間賣便菜的小飯店，地方雖小，但非常清潔；也許，已過了用中飯的時間，裏面只寥寥幾個人在用飯。林勁輝跨進去，走近陳菜的灶櫥，想瞧瞧是些什麼菜。灶櫥上放了十幾道菜，有酸蝦湯、香蕉葉片、椰汁魚片，還有魚頭酸湯、燻肉塊……不一而足。林勁輝瞧著瞧著，一位女侍者走過來，向他親切地打招呼。

「先生用飯嗎？」

「是。」林勁輝點點頭。

「想用什麼菜？」

瞧著林勁輝猶豫的樣子，女侍者便乖巧地介紹起菜餚。

「……這魚頭酸湯非常新鮮，酸蝦湯也是一樣，因為這些海類都是早上才從海裏捉來的；還有那白菜，來自碧瑤山頭，更是夠新鮮夠甜的。……」

林勁輝一面聽著，一面不斷地點點頭。陡然，女侍者的聲音戛然而止。

林勁輝不禁抬頭斜睨女侍者一眼。

但見對方也正睜大眼睛盯住著他。

「你是中國人？」女侍者出其不意低聲地問。

「我是華僑。」林勁輝泰然地回答。

「華僑也是中國人。」女侍者囁嚅地說：「咱們這些菲律賓菜恐怕不適合你胃口。」

「哦！誰說的？」林勁輝怔一怔。

「你的態度告訴我。」

「我的態度有什麼地方不對嗎？」

「我每介紹一道菜，你就只管點點頭，分明是在敷衍我。」

林勁輝險些兒笑出聲來，但覺眼前這位女侍者是多麼天真又大方，不由得便多瞧了一眼。這才發現一張白嫩的臉蛋兒，美目流盼，桃腮帶暈，大有沉魚落雁之貌；而那苗條身材，婀娜體態，當是二十一、二歲成熟之初。

「我是這樣子嗎？我竟然自己沒有覺察到，真對不起。」林勁輝抱歉地說。

「我只不過說說而已，並不怪你。」女侍者微笑說：「不過，說真的，在這方圓十里內，咱們這家餐館的菜不僅是出了名的新鮮，更是美味可口。」

林勁輝不敢造次再頻頻點點頭，眼睛一眨也不眨地全神貫注聽著女侍者在介紹。女侍者不僅能言善道，那水盈盈欲流的眼波，還不時閃亮出聰慧靈敏來。

「好吧！聽妳的就是了。」林勁輝說：「我要一菜一湯。湯，就魚頭酸湯；菜呢？妳代我主意好了。」

「好！你下坐，我會將飯菜送過去。」

林勁輝揀了一張靠窗前的桌子坐下來，將行囊放在腳邊，脫下眼鏡，拿起手帕拭一拭眼角，再把眼鏡戴上。只見女侍者正在灶櫥旁弄菜。他不覺又把對方打量一下，有感對方那婷婷玉立的型態，不管她身上是那麼隨隨便便著了件無領露臂白襯衫、褪了色粗布裙子，依舊無法掩蓋她那清麗生嬌姿質；而那晶瑩雪潤的肌膚，更是一般「大家閨秀」的模樣。

一手一邊端著盤子走過來，女侍者笑容可掬地一面小心謹慎將飯菜一碗一碟擺放在林勁輝桌前，一面搭訕著：

「先生來這裏做什麼？」

「我是要到依瑪市立綜合醫院行醫去。」

「原來你是位醫生！」女侍者失聲地伸一伸舌頭，景仰地說：「年紀輕輕的就當起醫生來，真了不起！」

「咿！我已快三十，還年輕嗎？」

「男人三十方開始，你不曉得嗎？」女侍者風趣說。

「謝謝你的鼓勵。」林勁輝感激地說。

「不必客氣，」女侍者溫和一哂，再灑脫地問：「但你是怎麼樣來到這裏的？」

「是我的一位老教授醫生舉薦我來的。」

「可你知道這裏連住個中國人都沒有。」

「那有什麼關係。」

「你會寂寞。」

林勁輝搖搖頭含笑說：「我在菲律賓長大。是菲律賓朋友，華僑朋友，都是一樣。」

「那很好。」女侍者會心一笑。「先生貴姓？」

「我姓林名勁輝。」

「我叫蒂絲。」自我介紹後，也安放妥了飯碗菜碟。「不打擾你了，慢慢用吧！」

是餓了，林勁輝專心用起飯。

用畢，付錢。蒂絲一面收錢，一面問：「林醫生！用得如何？」

「很美味。」林勁輝背起行囊。

「有機會再來吃。」

林勁輝莞爾向蒂絲揮一揮手，走出食鋪。

來到醫院，辦理行醫手續，再參觀一下醫院。「行醫時間，你可以自己安排。」院長對林勁輝說。

然後，他被安排到醫院隔壁的宿舍裏去。

＊註一：「菜仔店」即菲國一種小型雜貨店兼飲冰小食室。

二

一日，林勁輝在行醫時，來了一對母子，模樣有些特別——黝黑得發亮的皮膚，扁平的鼻子，厚厚的嘴唇，及那短而鬈曲的頭髮。絲毫沒有一般馬來族菲人的樣子，而像是在銀幕上看到的非洲族人。小孩在母親攜帶下踏進醫室後，咳嗽之聲便一直在林勁輝耳邊迴響著。林勁輝但見小孩面黃肌瘦，眼神呆滯，大有病情不輕之象。

「我這孩兒已咳了兩個多月，愈咳愈嚴重。」婦人約三十出頭，在林勁輝對面坐下來，一面把孩兒抱起來，放在膝蓋上，一面稍帶憂鬱的口吻將孩兒的病情告訴林勁輝。她操著一口大家樂話（註二）是那樣生硬；且母子兩雖穿得整齊，神態間卻還是看得出是一個棚戶人家。

林勁輝一邊給小孩診視，一邊作紀錄。

「這孩子幾歲？」林勁輝問孩子的母親。

「七歲。」

「家裏有誰也在咳嗽嗎？」

「沒有，我丈夫是一礦工，長年累月都在礦山工作。」

林勁輝皺一皺眉，他隱約地診斷出小孩似乎患有肺結核，不覺心頭自我嘀咕著：「年紀小小的，怎樣會患了這種病？」

但是，他希望又不是。

於是，為慎重其事，他便暫時開了一星期治咳嗽的藥水給小孩服用，要小孩一星期後再來讓他診察。

一星期後，小孩的咳嗽並沒有見到有任何起色，林勁輝便為小孩照X光，終於證明是罹患肺結核。

「妳放心，這種病在現代的醫學上來說，已不算是一回事。」林勁輝向小孩的母親解釋說：「不過是治療較麻煩罷了。」

「麻煩？」

「是的，肺結核是種慢性病，不是一服藥就可治癒的病症。快則六個月，長或需年餘。看各人的體力如何。」

「但就是六個月，也是需要天天用藥？」婦人聲音有些急促。

「自然的。」林勁輝頷首說。便開了一個月藥，要小孩一個月後再來。

可是，一個月後，小孩並沒有再出現在林勁輝的醫室裏。

也許，因為天天都有病人來應診。忙碌下，林勁輝便也不大把這孩童放在心上；甚至還漸漸地忘卻了。

是一個星期天，林勁輝在宿舍裏休息。很快的，他來到依瑪市行醫，已兩個月了。兩個月來，他幾乎連星期天也在醫院裏忙著，令生活圈子就「足不出戶」地囿於醫院裏。因此，這天，他決定

「偷得半日閒」，給自己放假一整天。

宿舍裏的房間是間一臥室一客廳兼廚房的房子，前面臨街，後面是醫院的大院子，故房子不僅空氣流通，光線又十分充足。林勁輝休息一個上午後，到了將近中午，飢腸已在響了。便想：「既然為自己放假一天，今次中午就不要再到醫院用飯去了。」他向自己下了決心，一定要到外頭用飯去。「可是要到哪裏用飯去呢？」他接下問自己。「唉！」他歎一聲，這種「足不出戶」的生活，對四周環境永遠也不會摸得透的！……然而，陡地，他記起了他第一天來到依瑪市時，中午在那間用餐的小食店，不覺自言自語：「既然不識得環境，唯一辦法，就只好再到那裏用中飯去好了。」

揀了一件質料不錯的紅白横條間隔有領套頭的襯衫。林勁輝穿好衣服，梳正頭髮，將眼鏡拭亮再戴上，便打開房門離開宿舍。

踏上街頭，太陽好似很合作般，和煦照耀著大地。

林勁輝幾乎是一面在溜達觀瞻四周，再一面心頭在計劃著：今天天氣難得如此柔和晴朗，用畢飯，就到處走走，再尋間電影院看齣電影去……

不知不覺已來到小食店。

林勁輝一腳方跨進餐室，一股熟識的女聲音便碰撞似的傳進他底耳朵裏。「林醫生！你總算又光臨了！」

林勁輝才抬起頭，蒂絲已迎面而來。「想再來嚐嚐小食店的菜餚。」他輕鬆說。

「用什麼菜？」她問。

「依舊是一魚頭酸湯，菜呢？妳也依舊代我主意。」

「那你去坐下。」

可是，這時正是中午時分。蒂絲剛要林勁輝坐去後，才發現餐廳已沒有了空桌子。

「連星期天生意都這樣好。」眼見滿餐館食客，林勁輝讚歎著。

「並不是每星期天都如此，不過，今天似乎特別多人。」蒂絲瞄了林勁輝一眼，有意逗笑說：「也許是你身上有好運，你來了，就將好運帶來了。」

林勁輝哈哈一笑。「這樣子，我便應該天天光顧才是。」

「不錯。」蒂絲一面跟林勁輝開玩笑，一面幫找位子。「那邊左角的桌子只有一個人在用飯，是否願意過去一起同坐？」

「沒有問題。」

「委屈你了。」

林勁輝在那人對面坐下來後，發現對方的皮膚黝黑得發亮，頭髮又鬈曲。林勁輝心頭一觸，忽地記起那位小孩來。「這個人會否跟那對母子病客是同族群？前後已個把月了，怎麼這小孩不再來找我瞧瞧他罹患的肺結核！」他屈指數著。

彷彿是做了一件什麼事情未曾做完便放了下來，林勁輝但覺心中有些懊惱。

但稍片刻，蒂絲送上飯來，林勁輝便將懊惱收了起來。

「我以為你嫌咱這裏飯菜不好，不想再來吃了。」蒂絲一面擺上飯，一面說。

「哪裏，只因醫院事情多，分不開身。」

「我明白，醫生總是非常忙碌的。」蒂絲綻開笑容說：「我若沒記錯的話。一轉眼，你來到這裏也有兩個月了。」

林勁輝怔一怔。「妳記性這樣好。」

「我呀！凡是每位到這裏用飯的顧客，我都會記著他們。」蒂絲得意地說。

這時，坐在林勁輝對面的食客已用畢飯，付了錢，站起身走了。

瞧著這位黝黑皮膚食客的背影走出飯鋪，林勁輝有意無意地問蒂絲：

「這位食客常來這裏用飯嗎？」

「我……我不大清楚。」

「噢！妳不是才說，每一位到這裏用飯的食客妳都會記著他嗎？」

「說是說，我才沒有那樣閒情記住每位食客的容貌。」蒂絲嘟囔地說。

林勁輝不禁噗哧一笑。

「你真壞，」蒂絲嗔了林勁輝一眼。「馬上挖我的瘡疤。」

「對不起，我不是有意的。」

「人家是看得起你，才記掛你。」蒂絲坦然地說。

「哦！就更是我的不是了，千萬別見怪！別見怪！」林勁輝畢竟是在菲律賓長大。他懂得對女孩的禮讓，是對自己的尊重。

這一招立刻見效，「這算不了什麼。」蒂絲嬌聲一笑，掉頭走開去。

「且慢，蒂絲小姐！我有話問妳。」林勁輝趕忙將蒂絲叫住。

「什麼事？」

「剛才坐在我對面的那位食客，是屬甚麼族人？」

「嘉梅凌山邊一個部落。」

「嘉梅凌山？」林勁輝傾斜著頭想一想，然後稍微搖一搖。「從未聽過，這山在什麼地方？」

「在……在……」蒂絲為難說：「對不起，我不大清楚是位於三描禮省東北部，還是北部，只知從這裏乘車到那邊去，需要一多小時。」

「那麼，這部落有人居住在市鎮嗎？」

「以我所知，應該是沒有，因為他們是很少離開他們的部落的；他們到市鎮來，經常只是有事，一旦事情辦完，便都立刻回去。」

「這樣說，剛才那個用飯的人，看樣子他應該是來市鎮辦事的？」

「我敢確定，八九不離十。」

林勁輝沉吟地輕咬一咬下唇，將眼鏡往鼻樑上推一推，心中倏地有股衝動。「從這裏乘公車到那邊去，方便嗎？」

「每小時都有一班車經過那裏。」

「那麼！請問要在哪裏乘車呢？」

「你想去？」

「是。」林勁勁點一點頭。

「這時候？」蒂絲再問。

「本來用畢飯，下午沒事想看齣電影，現在改變主意想到那裏瞧瞧。」

蒂絲欲言又止盯了林勁輝一眼，提起膽子說：「要是不嫌棄的話，我可以帶你去。」

林勁輝楞一楞，難為情說：「這怎麼樣可以。」

「為什麼不可以？」

「妳有工作。」

「已沒有食客了，我可以放下。」

「妳不怕被老闆開除。」

蒂絲大笑一聲，「你可知道，這裏的老闆是誰嗎？我告訴你，是我媽媽。」

林勁輝失笑地有所領悟。「難怪……」他本來想說：難怪妳看起來是位大家閨秀。但馬上覺得有失禮節。

「難怪什麼？」

「難怪你們這裏的菜餚如此美味。」林勁輝急忙改變話說：「原來都是妳媽媽做的。」

「不錯。」蒂絲但感榮幸。

林勁輝慶幸地暗想：「我竟說中。」

「你就好好用飯，我換件衣服去。咱們一家人就住在樓上。」蒂絲掉頭上了樓。

幾乎是同時，林勁輝吃飽飯，蒂絲亦裝扮得花枝招展地出現在其面前了。

畢竟，林勁輝已是一位英姿煥發的大男子，兩性相吸是自然現象，便情不自禁多瞧了對方一眼，但見對方著了一襲短袖鑲滿了紅花邊的海軍式衣褲，披肩的烏雲往腦後梳了個馬尾，在這樣的夏天裏，更顯得青春大方。

「走！」蒂絲很懂得禮節地挽住林勁輝的臂膊。

「妳媽媽呢？」

「找她做什麼？」

「我要向她辭行。」

「不必了，她在午睡。」

一路上，蒂絲告訴林勁輝說，她一家口除了父母親外，共有兄弟妹五人，她排行第二，上是一哥哥，兩年前結婚後就帶著新婚太太到岷市謀生去；下有兩個妹妹，一個弟弟，弟妹三人年齡都跟她相差好遠，只有十一、二歲，那是因為她母親生下她後，便有好幾年都不能受孕，後來母親不斷向天主祈求，才又生下了弟妹三人；所以弟妹三人還是小學生，她卻是大學二年級了，她主修護士學。

「哦！護士學！」林勁輝盯了蒂絲一眼。「不想到，咱們所學的，竟有連帶關係。」

「是呀！」蒂絲眉睫往上一挑，笑著說：「畢業後，我也希望能到醫院工作。」

「妳有這樣抱負，很好。祝福妳！」

蒂絲再告訴林勁輝，那間食鋪是她母親開設的，已有好多年了。打從她中學三年起，每年暑假都在那裏幫忙。林勁輝聽到這裏，便詼諧道：

「幸得我趕在暑假來到這裏，要不然，豈不是認識不到妳了。」

「這叫做有緣千里來相逢。」

「不錯，就說今天吧！要不是我坐到那位猶似非洲部落食客的旁邊去，便不會記起那件事來，也就不會想到嘉梅凌山邊去，這時妳我便不會同坐在一起了。」

「是什麼事讓你想到嘉梅凌山邊去？」蒂絲好奇追問著。

林勁輝便將那個病孩的一切情況向蒂絲說了。

「所以你想找那個小孩去？」

「我有這個衝動，覺得醫好這孩子是我底責任。」林勁輝將眼鏡往鼻樑上托一托。

「不過這個部落雖說是居住在嘉梅凌山邊，可他們散居四周的範圍卻相當大，要想一下子找到那個小孩，恐怕不容易。」

「妳去過那裏？」

「不常去。只有兩次跟朋友去，因為那裏有溫泉。」

「沒有關係，找到當然好，找不到也就算去玩玩。」

談談說說間，車子已來到嘉梅凌山邊。這是座不起眼的小山巒，古木參天，野草叢生，可以看出是未開闢的原始山林。

「這樣快。」林勁輝愕然下車來。

「講話總是容易打發時間。」

他倆一前一後，腳下泥濘不堪的狹窄馬路幾乎沒有一條是平坦的。「或許是山區，五月間這裏夜晚已開始下雨，所以馬路是更難走，你要小心。」蒂絲一面說，一面指導林勁輝拾步而行。

他們只能忽而左、忽而右，或跨大步、或跳坑般朝前走。山邊一幢幢散置的小木屋，都是那種用幾片三夾板，加上幾塊鋅片簡陋所搭成，屋內是既陰暗又潮溼，幾乎沒有活動的空間；所以家家戶戶的門外，不是一群群面黃肌瘦、衣衫襤褸的孩子在玩耍，就是主婦們站在門口，手抱嬰兒搖著搖著在餵奶，更見一臉未老先衰的樣貌。

「這小孩叫什麼名字？」蒂絲問林勁輝。

「他登記叫阿童。」

「有關這部落的演變，我就讀中學時，老師告訴我們說，」蒂絲一面幫林勁輝逐戶尋找人，一面講述說：「根據考古，這部落跟高山省的怡哥諾族一樣，是最早的菲律賓人；但因人口不多，又少出外發展，便被時代邊緣化了。」

「他們講的是什麼話？」聽不懂蒂絲跟他們交談的語言，林勁輝想起了那婦人生硬的大家樂話來。

「他們有自己的語言，然大部分人都懂得說伊拉干洛話（註三），所以我是用伊拉干洛話跟他們交談；至於大家樂話，他們很少出遠門，懂得說的就少之又少。」

他倆一直往前走。山間樹蔭蔽天，空氣清爽，因而不覺怎樣辛苦，蒂絲繼續說：

「他們都是靠天吃飯，因而風調雨順時，生活就過得好一點；要不然，遇到旱潦之災，便跑到城鎮討飯去。他們幾乎都是文盲。……」

「怎麼？這裏沒有學校的設立？」林勁輝接口問。

「這裏有間小學校，但他們不曉得教育的重要性，孩童上學也好，不上學也好，家長都無所謂。」

「哦！是如此！」林勁輝不覺蹙一蹙眉。

他們愈朝前走，屋子愈越少了，地方愈越顯得荒涼。

蒂絲忽然有所發覺，便踟躕站住腳，說：「哎唷！前面是山坡了，沒有了人家。依我看，這孩子應該是居住在山的另一邊。」

「這如何辦？」

「折回去，重新從另一邊走去。」

「這豈不是要把整個山邊繞盡了，」林勁輝咋一咋舌，不好意思如此麻煩蒂絲，便轉換思維說：「算了吧！還是上坡瞧瞧是什麼？」

「一個溫泉潭。」

「也好，尋人不著，就上去玩玩。」林勁輝興致地說。

坡上，偌大的溫泉潭，四面圍山，風景幽美，潭水清又暖；溢出的汊水，正順著幾條溪河迴環曲折往下流，溪中有不少孩子在戲水。

「妳就是跟妳的朋友來這裏洗溫泉？」

「是的。」蒂絲點點頭。

他倆在一塊大石子坐下來休息，眺望遠景。

「你可知這潭水為何是溫的嗎？」蒂絲的聲音好似在遙遠。

林勁輝以無語凝視著蒂絲的問話。

「想知道？」

「妳可知道？」

「說是從前這部落有對夫妻，生了一位絕美的女兒，遠近追求她的青壯男士不勝計數。一日，為父者便向所有追求他女兒的青壯男士宣佈說：我女兒是稀世難得的美女，誰想要娶我女兒的，就必須要有稀世的珍品異物作聘禮。當中一青壯男士便下定決心要到處找尋珍奇異物，經過五六載攀山越嶺尋尋覓覓，終於找到一顆直徑足有八、九寸的珍珠，不僅整顆珠子綠光光，遍體還會發出暖氣，的確是稀世奇物。青壯男士無比高興地趕快帶回來好向女子求婚；豈知，女子在他找尋珍品其間，已因患了絕症去世了。青壯男士悲痛欲絕之下，便將珍珠拋進潭裏去，從此潭水便變成溫泉了。」

「好奇妙的傳說。」林勁輝聽得有趣地說。

「傳說總是奇妙的。」蒂絲笑著說。

「說得也是，傳說常常會帶給某個地方增添不少色彩。」

天邊，一塊黑雲掠過，遮住了陽光。

「看樣子，將要下雨了。」蒂絲仰望天空說。

「時間不早了，我們也該回去了。」林勁輝瞧一瞧手錶。

「回去後，我會託人代你找尋那小孩。」

歸途中，蒂絲向林勁輝允諾說。

＊註二：「大家樂話」即菲律賓國語。

＊註三：「伊拉干洛話」即呂宋北部一民族之語言。

三

兩人分手後，又過了一個星期多的一個黃昏，林勁輝診畢病人，將醫室收拾妥當，預備離去。剛踏出醫室門口，卻跟蒂絲碰個正著。

「幸得還來得及見到你。」蒂絲一臉匆匆形色。

「是發生了什麼事？」林勁輝連忙問。

「沒有發生什麼事，」蒂絲稍喘一口氣說：「我只是要來告訴你，我的朋友找到了那對母子了。」

「嘿！這樣快就找到了人，謝謝得很。」

「小事情，別客氣，」蒂絲笑著說：「咱們是在這裏長大，找人並不會太因難。」

「在山區？」

「正如我所料，在山區的另一邊。」

「什麼地址？」

「那山區雖有路，卻沒有路名。」

「這……這我如何看他們去？」林勁輝但感茫然。

蒂絲不覺失笑說：「你放心，我自然會帶你去。」

「又要麻煩妳！」

「有什麼要緊，」蒂絲深深地望了林勁輝一眼。「除非你不將我當朋友。」

「妳這位朋友，我是終生交定了。」林勁輝認真地說。

蒂絲欣然一笑問：「那你打算什麼時候去？」

「妳看，就這星期天下午，妳方便嗎？」

「沒有問題。」

再一次，兩人又來到嘉梅凌山邊，並且非常順利的，一下子就找到了那對母子。林勁輝但見阿童臉色更蒼白，咳嗽聲更凝重。他也想得夠周到的，隨身早已帶來了小手提醫箱及一些藥品，便馬上掏出聽診器、溫度計，為阿童診察起身體來，然後問站在旁邊的阿童母親道：

「為甚麼不再帶妳的孩兒找我醫治去呢？」

「醫生！很對不起！」阿童的母親囁嚅地說：「你不是說，至少需要六個月的治療嗎？我哪裏來的六個月醫療費。」

林勁輝沉吟地將眼鏡往鼻樑上托一托，下意識地左右四顧一下。陰暗的屋內，除了一張小圓桌、及幾隻破椅子外，幾乎是四壁蕭然。屋角的灶櫥是又破爛又骯髒，灶邊一扇通風的窗口，已沒有了擋風的玻璃；而屋後院子裏狼藉地堆積了一些雜物破貨，幾隻小雞正在那裏有限的空間亂叫亂闖，幸得院邊一條小溪流過的潺潺水聲，才教人聽了有幾分悅耳。屋子是那麼簡陋得不能再簡陋的，僅僅一片薄薄三夾板隔在屋中，就算是分出內外室了。

「這些藥妳拿著，足一個月服用。」林勁輝診察完畢，就把帶來的藥品拿出來，交給阿童的母親，再說：「一個月後，希望妳能帶妳的孩兒到醫院找我去，至於一切醫療費妳儘可不必掛慮。」

由於他倆的到來是「不速客」，不免多少「震動」了左鄰右舍，所以當林勁輝在為阿童看病時，門口便圍滿了「瞧熱鬧」的好奇鄰童。

林勁輝收妥小手提醫箱，向婦人告別後，跟蒂絲預備要離去。來到門口，看見一大群小孩都睜大眼睛望著他倆，他便帶笑向他們打打招呼，卻無意間發現個個小孩臉都呈菜色，一瞧就曉得是營養不足。他不知何故，心坎忽然生了個念頭，掉轉頭對蒂絲說：

「我很想為這些小孩檢查一下身體。」

「為甚麼？」蒂絲疑惑也問道。

「我想明瞭一樁事。」林勁輝咧嘴一笑說：「想來，這些孩子從來未曾檢查過身體。」

「有可能。」蒂絲說。

「妳可叫他們排隊嗎？」

「好，我幫你來。」於是她便對孩子們喊著：「孩子們！趕快排隊，醫生要為你們查看身體。」

林勁輝一面為孩子們逐個兒檢查身體，一面請蒂絲代做記錄。檢查完一、二十個孩童，太陽已是西落了。

離開山邊，在回程車上，林勁輝將記錄看了又看，情不自禁對蒂絲說：

「在對這一、二十多位孩童的身體診察記錄中，幾乎佔一半以上都多多少少有罹患著不同程度的肺結核。」

「這樣嚴重！」蒂絲吃了一驚。

「是的，」林勁輝點點頭。「這就是我要明瞭的地方。其實，前次來，我瞧見那些孩童的臉色，就覺得不對。依我看，這跟他們的住所有關，因為潮溼地方最易感染肺結核；而肺結核又是最輕易傳染的，孩童較沒有抵抗力，所以阿童的肺結核不是樁獨發事件。」

「你的意思是……這是整個部落的問題？」蒂絲神情嚴肅。

「他們文盲，導致生活落後，然……這不能說是他們的罪過。」

「你有什麼看法？」

「應該得到關心。」

「關心他人總是一種美德，但這樣多孩童你關心得了嗎？」

「關心一份算一份，關心兩份算兩份，」林勁輝眼睛穿過蒂絲頭頂，望向車窗外說：「只要耐心照應，總能幫助這些孩童脫離不幸。」

「那如何耐心照應這些孩童？」

「就是每星期來為他們診察一次身體。只是——」林勁輝有顧慮說：「地方我不熟，有點困難。」

「有我在，不是問題。」

「妳願意……」

「我願意跟你合作。」蒂絲馬上接下說。

林勁輝喜出望外，連連地稱謝又稱謝。

車子在平地迅速地馳騁著。

蒂絲沉默一會兒，忽地正經八本問：「對了，我問你，剛才你拿出那麼多藥交給那婦人，是那來的？」

「我向醫院買的。」

「自掏腰包？」

「是。」

蒂絲楞了一楞。「你……你這麼善良！」

「沒什麼，」林勁輝唇邊靦然一笑說：「那個阿童本來是我的病人，治好病人是我做醫生的責任。」

「我服了你！」蒂絲險些喊出聲來。

就這樣，幾乎每到星期天下午，兩人就相偕到嘉梅凌山區去，林勁輝為小孩們看病，蒂絲便在旁邊當幫手；當然，阿童不再到醫院去，就在這樣接受治療。而每次去，林勁輝都多多少少總會帶了些藥品去。一次，蒂絲按捺不住地問：

「你這樣自掏腰包，豈不是將你行醫所得的錢掏光？」

「不會的，我有量入為出。」

「然後一部分寄回家去？」

「也沒有，」林勁輝說：「我家雖非富有，但我父母親卻不要我分擔家費，他們說他們還有能力維持家，要我自己所賺的錢自己儲蓄。」

「你父母親很好。」

「中國父母親大部份都是這樣子，總不忍心用兒女的血汗錢。」

「你們中國人很重視家庭倫理。」蒂絲說：「據說，這是你們人生成功之道。」

「因為孝順父母、敬重長輩、兄弟互愛、朋友有信，是人生一大學問；懂得這一人生大學問，就會無往不利。」林勁輝想起華校、更想起父親對他的教育。

「是這樣嗎？」蒂絲斜睨說：「孝順父母、兄弟互愛，不是人人大都懂得的事嗎？」

「表面上看，人人大都懂得。」林勁輝說：「但是，舉個例：多少兄弟能不為利益傷感情，反目成仇呢？」

蒂絲有所悟笑了一笑。「真的是人生一大學問。」

不久，六月來臨了，蒂絲須要再穿起白衣白裙回學校去，林勁輝便擔憂她再這樣跟著他會影響她的學業；但她卻不同意地說：

「反正星期天沒有上課。」

「但需要做功課。」

「星期六只上半日課，我可以利用下午做課業。」

「夠時間嗎？」

「你儘管放心就是。」

兩人當仁不讓的敬業精神，幾乎是愈幹愈越振奮，心情愈越喜樂。六月，是學校開學，也是歲序入雨的季節。兩人不僅不避暑，更是不避雨。在一次颱風過境時，兩人披著雨帽、雨衣，依然若無其事迎著風、迎著雨到山區去為孩童看病；但山區經過雨水衝擊後，崎嶇不平的山路更加泥濘不堪，兩人除沾滿了一身泥漿，雨帽雨衣還是抵禦不住連綿不停的風雨，彼此都成了落湯雞；然兩人不但不怨天不怨地，反而風雨中作樂地互相戲言取笑著，也互相關切憐惜著。

再一次，是颱風過境後，低窪的山路，更是積滿淤泥。兩人為孩童看完病後，要回家了。走到某段路，路中有一泥坑，林勁輝為省卻繞路，舉起腳便大步跳越過去；豈知，當跳在半空中時，褲襠「嘶」地一聲，裂出了一條長長的破痕來。

林勁輝一聽到褲襠的「嘶」聲，意識裏隨即明白是一回什麼事了，心裏一聲苦呀！胯間之力頓失，兩腳直墜泥中。

褲襠裂了，鞋子也都沾上泥漿。蒂絲在一旁先是吃了一驚，本能地問：「是怎麼樣？」然後哈哈大笑起來。

「這就是懶得繞道的後果。」林勁輝一面自我嘲解地說，一面尷尬地跨出淤泥。

「來，我替你拭拭鞋子。」蒂絲說罷，從手提包掏出三、四張紙巾。

「不，我自己來。」林勁輝接過紙巾，蹲下來把鞋子拭了拭；但是拭完鞋子，他卻不知破裂了的褲襠一路上要如何辦？

蒂絲禁不住又要發笑，但因為覺得不好意思，便掩口而笑地說：「這麼吧！你走在前面，我挃近地跟在背後；你走一步，我跟一步，這便可掩蓋你破裂的褲襠。」

「幸好現在是要回家了。」林勁輝苦笑說。他一手提著小手提醫箱，一手朝後掩掩蔽蔽著褲襠往前走。他一面走，一面不時聽到蒂絲的竊笑聲從背後傳進他的耳裏，他明白蒂絲是忍俊不禁他褲襠的撕裂瞧起來幾成一樁有趣的事；漸漸地，他也發現他倆一前一後的走樣是多麼滑稽，不覺也開始笑起來。

又一次，林勁輝在山區某處踩到狗屎而不知。回家路上，一直嗅到狗屎味，便道：「今天山區都是臭狗屎味。」於是一邊走，一邊瞧瞧那裏有狗屎，卻片塊狗屎也看不到。上了車，依然還是嗅到狗屎味，他便懷疑是今天風夠強，將垃圾場的臭味吹捲過來，就問蒂絲：

「這裏的垃圾場在那裏？」

蒂絲望了他一眼，不動聲色說：「為什麼回家路上，你一直嗅到狗屎味，我卻一點也沒有嗅到。」

「噢！」林勁輝陡地有所悟然。「是否是我……」便抬起鞋底瞧瞧。

蒂絲不由得掩口笑了起來。

林勁輝也尷尬地笑了一笑，坐在車裏，一動也不敢再動，只不斷地托著眼鏡；偶然跟蒂絲互瞟一眼，彼此就是一陣抑遏不住的笑。

霎時間，兩人到山區義診已有兩個月了，一些小孩在他倆細心照顧下，已有見起色，阿童也好了很多，做為母親的自是欣喜不已，感激之下，一次，當林勁輝為阿童看完病，她便把兩隻養得胖胖的活雞放在布袋裏，十分敬意的遞給蒂絲，要他倆帶回家去宰殺食了。乘車時，林勁輝將布袋放在腳邊，不知是布袋口的繩子綑綁不緊，兩隻雞仔在袋內不斷掙扎，卻將袋口掙開了。林勁輝跟蒂絲只管講著話，絲毫不覺察到布袋口已鬆開，等到兩隻雞仔在車內亂蹦亂跳起來，兩人才手忙腳亂起身追抓，弄得車內一時雞犬不寧，兩人只有不斷向乘客道歉又道歉。當將兩隻雞仔抓回放進布袋後，再坐回原位，彼此對看著各自的狼藉模樣，又是互笑個不停。

山區為孩童義診，兩人心坎裏充滿興奮快活，生活裏又充滿溫馨樂趣。

四

有次，林勁輝與蒂絲從山區回來，天色已黑了好久。兩人分手後，蒂絲抵達家，才進了門，便碰見剛要出門的父親。

「妳到那裏去？這麼晚才回來。」父親一見到蒂絲，遂一臉嚴厲地問。

「找朋友去。」蒂絲趁擦肩而過省略地回答，以期了事。因為他們兄弟妹向來都畏懼跟父親交談。

但父親卻把她拉住，臉色還是一樣嚴厲。「怎樣最近幾個星期天下午，總沒有看見到妳在店鋪幫忙。」

「我出去都有告知媽媽。」蒂絲怯懦說。

「是的，她每次出門去總告知我。」蒂絲母親的聲音從裏面傳過來，為她解圍道：「其實，一星期上了六天課，也是夠辛苦的，星期天找朋友散散心去，有什麼不對？反正鋪裏有我就夠了，才不像你天天晚上非找朋友去不可。」

「我找朋友去，不過是聊聊天。」父親掉頭對母親說。

「那麼你找朋友聊天去可以，女兒找朋友散散心去就不可以？」蒂絲見母親放下清理食鋪工作，抬起頭擦一擦額頭汗水，反問過去。

「妳這是什麼意思？」父親著惱了。「我是關心她，怕她交上壞朋友。」

「你放心，你女兒已不是六歲小孩，更不像你老頭兒愈老愈發胡塗，容易交上壞朋友。」母親似有意挑剔又說。

「我如何交上壞朋友？」父親提高了嗓門。

「你認為你天天傍晚去跟那些聊天的朋友是好朋友？」母親故意把眼角高高抬舉，望著天花板。

「他們有什麼不好？他們不都是妳也認識的。」

「就是因為都認識，才曉得他們無聊得很。」

「無聊得很？」父親氣急敗壞了。「如何無聊得很，妳說說看。」

蒂絲時而瞧瞧父親，時又望望母親，呆呆地站在一邊聽著兩人在鬥嘴。對於父母親他們之間的感情，她覺得是一般的老夫老妻，因為若說母親動不動就頂撞父親，卻放不下對父親日常起居的關心，為父親料理衣服，弄父親喜歡吃的食物給父親吃，或者，就如她所言，她只是氣惱父親的無所事事；而父親，雖厭煩母親的絮絮叨叨，指斥他這不是、那也不是，卻忌憚她三分，除了回嘴幾句，不敢對母親怎麼樣。

「你自己想想看，你們聊的話，那一句話是正當的？」母親連瞧一眼父親也不瞧。

「我們聊的話都是有關國家政治事，這怎能說不是正當事？」

「就是聊的是一些有關國家政治事，你也明白，那一件國家政治事是正當事？」母親眼角抬得更高。

「妳這論理是那裏來的？我從未聽過。」

「還不是從你身上來的，政治就是吵吵鬧鬧，你腦袋瓜不是整日想吵吵鬧鬧嗎？」

父親但覺無理取鬧，氣憤極了。「妳……妳這個人說話總是亂吐一場，不跟妳說了。」

「妳以為我喜歡跟你說話嗎？」母親頂撞過去。

「妳不必擔心，我長了這麼樣一大把年紀，好朋友是什麼樣子，壞朋友是什麼樣子，我自然分別得出。」父親說罷，頭也不回大踏步而去。

蒂絲的父親是一位身材魁梧，肩寬胸厚的伊拉干洛族人，一生最興趣的是跑政治，然卻又與官位無緣，便只好在政治圈邊跑來跑去；無形中，也跑出點小名氣來，因此，在這方圓百里內，亦成為一位人人均認識的小人物。

踏著月光，他一邊走，一邊舉起雙手把頭髮朝左右邊稍為整理一下。他這人是很重視外表的。出門時，一絲不苟都必須經過講究。他今晚上半身整整正正穿著一淺水紅色長袖綢衫，藍長褲，及腳下擦得亮光光的黑皮鞋；而左手腕上是一只瑞士手錶，配著無名指一塊橢圓形碧綠珊瑚玉戒指。

整理好頭髮，一陣爽涼的晚風迎面吹過來，他不知不覺便輕快地吹起口哨來，似乎一下子已將剛剛跟妻子鬥嘴的事忘得一乾二淨了。朋友都說他長不老，五十開外了，受祖業庇蔭，一張臉還十分豐滿暈紅，也就顯得有些「娃娃臉」，於是，他便在唇上留起八字鬍來，再加上他那濃濃的長眉，黑而大的眼睛，粗褐色的皮膚，看起來便有幾分威嚴了。

而朋友說他長不老的原因，是因為他樂觀。

可他的妻子卻不苟同說：「樂什麼觀？是游手好閒，終日無所事事。」

明月高掛，繁星滿天。他一直朝前走，亦一直吹著口哨。

不久，露天酒坊在望了。

「黎加洛先生，晚上好！」

「黎加洛先生，晚上好！」

尚有十來步距離，幾位朋友已舉手向他打招呼。

他迅速走往酒坊，跟朋友們一一握手。「來遲了，對不起！對不起！」

「瞧你面色有些起紅，是否又是太太跟你拌嘴了？」羅威身材中等，頭髮烏黑，前額平直，鼻子長長的。為人憨直。他在依瑪市市郊擁有個龐大的養雞場。畢竟是天天晚上見面的老朋友，一猜，便猜中。

「這還用說！」黎加洛嘆口氣說。坐下來，要了瓶啤酒。

「女人就是這樣子，上了年紀，無事辦，便覓事吵吵鬧鬧。」另位名喚基順的說。他坐在黎加洛右邊，個子瘦小，兩鬢斑白，微禿，額頭三、四條皺紋又厚又深，一身總是隨隨便便。但生性有點陰沉。他是一間修理車的車主。「來！抽枝煙消消氣。」基順遞枝煙過去。

黎加洛接過煙，點燃，抽起來。

「嗨！跟女子吵鬧是在浪費精力與時間。把它忘了吧！」蘇惹諾跟黎加洛面對面坐著。他渾身臃肥，臉上留了一把絡腮大鬍子。他抽的是雪茄煙，任職「好年」車輪製造廠在依瑪市的分廠，幹才卓然，有責任感，已是副主管。「現在，言歸正傳，黎加洛先生！你到來前，咱們的話題正在談論昨天午夜電視上重播總統就職大典的儀式，你有看嗎？」

「前次我看了，昨晚我又看，真是愈瞧愈越覺得場面的隆重與偉大，不僅好多位外國政要佳賓都出席了，連美國總統亦派了國務卿迢迢千里來觀禮。」黎加洛將一口吸進的濃煙噴向空中，再淺飲一口酒說。他為當今國家在國際上如此受人重視感覺無限驕傲。

「這表示國際間對吾國這次民主選舉的重視與肯定。」基順說。他杯中放的冰塊太大，便把杯子晃來晃去，好讓冰塊溶下去。

「其實，對這次選舉，我覺得吾國同胞在民族意識上又更上一層樓了。」羅威稍抬起頭抽一口煙。

「不錯，」蘇惹諾同意說：「就說這次兩黨的候選人，競選時期是那樣激烈，互不相讓；但彼此的信念卻是如此一致，都是主張『菲人第一』。」

「提倡『菲人第一』是正確的，」黎加洛再呷一口酒。「想想看，我們先烈如何犧牲生命，才爭取到今天國家的獨立，吾國國民卻安於這獨立便滿足了；皆不知，吾國雖是一獨立國，然長期以來，因殖民政策關係，生活上至今還有很多方面受制於外國人。……」

「如經濟方面。」基順插口說。

「是的！這方面可以說最嚴重。」黎加洛伸出右手的大拇指及食指撥撥唇上的八字鬍。「這也就是為什麼這幾年來每次國會開會都是首先提出討論的問題。」

「記不起是那一位議員說的，走遍菲國，你會發現十家商店有八家是外國人所擁有。」蘇惹諾伸出十指，再做八指的手勢，以誇大其說話的影響力。

「尤其是華僑，」基順瞇起眼睛說：「根據統計，主有的商店就佔了三分之二強。」

「幸得後來訂出了『零售商菲化案』，才從華僑手中奪過來不少主有權。」黎加洛但感欣慰地說。

「所以，說起來，華僑是吾國經濟上最可怕的敵人。」基順依舊瞇著眼睛說。

「而因此，」蘇惹諾吐出一口雪茄煙。「正如咱三描禮省新中選的省長所言：吾國需要訂定更多的菲化案。」

「這位新省長我最佩服他，」羅威忽然提高聲音，激動說：「他一生就是勇於為吾菲同胞爭取利益。」

「據說，」蘇惹諾回應說：「當年他任國會議員時，對每條菲化案的支持，他是最熱心者之一。」

「他的確是位好官，」黎加洛點點頭說。

「聽說，黎加洛先生！」羅威問：「你跟他很要好。」

「那是多年前，有次我到岷市去，透過朋友跟他同桌用飯；席間，發現彼此理念相近。這樣便成了無所不談的朋友，時而還有所往來。」

說話間，又是一陣晚風從半空中吹下來，由於風力稍大些，把露天旁邊兩顆大樹吹得簌簌地響，緊接著，馥郁的茉莉花香撲鼻而來。

「好芬芳的茉莉花！」基順抬起頭深深地吸一吸。「茉莉花、夜色，菲律賓真是一個美麗的地方……。」

就在這時，走來了一位高高瘦瘦的人。

這人除了一身瘦骨如柴，臉色蠟黃，更是一副奇形怪狀的模樣，花白頭髮往上捲成個圓筒，兩隻修得長長的幾成了一條直線的眉毛下，一雙黑瞳仁總是喜歡溜來溜去；而兩撇髫鬚隨著唇邊往下拖，直拖至嘴巴再往上翹起。一瞧，就知是位江湖巫醫。

他走近黎加洛身邊，不管大家在講什麼，便打斷大家的談話，問：

「你們在談什麼？看大家似談得興致勃勃的。」

「還不是東拉西扯，談一些大家都感興趣的事。」基順一邊說，一邊隨大家挪移身子，在黎加洛旁邊騰出一空位來。

「彬蘭磊！你今晚怎樣較我來得還晚呢？」黎加洛從背後的空桌拉過一張椅子來，讓彬蘭磊坐下。

「還不是被病人纏住了。」彬蘭磊接過椅子坐下來。他已做了十多年的巫醫，醫過不少病人，算也是有了小名氣；不過，病人對他醫術看法如何？各人見仁見智，莫衷一是。他向侍者也要了一瓶啤酒。

「你病人可多著。」蘇惹諾望著彬蘭磊說。

「妙手神醫，在這方圓數百里之內，病人不找他找誰？」基順錦上添花說。

「別這樣子說！別這樣子說！」彬蘭磊謙虛搖搖手說：「只要病人肯相信我就好了。」

「哎唷！」基順不以為然再進一步說：「你是聞名的信心診療專家，誰人還不相信你？」

被基順這麼一誇再誇，彬蘭磊心頭真有些飄飄然，正拿起杯子要飲一口酒；不料，忽聽到黎加洛也說：「是阿！連仁娜這種喝洋水的人也要找你！」

身子猶如從半空掉下來，彬蘭磊飲下的一口酒忽覺是悶酒般，情不自禁輕嘆了一聲。

「哦！是怎麼回事？」還未跟彬蘭磊出現後搭訕的羅威，便搶先問。

「她一家人愈來愈不信任我了。」彬蘭磊搖搖頭感慨說。

「她不是經你治療後，病情愈來愈受控制了嗎？」羅威不解。

「有些人就是這樣子，你越發盡力為他醫治，他卻偏偏越發不領情。」

黎加洛同情地瞧了一眼彬蘭磊，想要為他說幾句話。蘇惹諾卻插進嘴來，好奇地問：

「誰是仁娜？」為了謀生，蘇惹諾曾有一段相當長的時間生活在岷市。

「俞米卯的女兒。」基順答說。

「俞米卯？」蘇惹諾下意識想一想。「是那個戰前我們這裏的首富？」

「正是。」

「假使我沒記錯的話，他只有一位獨生女。」

「就是這位仁娜。」

「聽說，他很疼愛他這位女兒，家產都由這女兒掌管。」

「大家都這樣傳說。」

「而這女兒在一次其父親及丈夫一同出門時遇到車禍，雙雙斃命後，便隻身移民到美國居住去。」蘇惹諾腦袋儘量搜索當年所聽到的有關俞米卯家中的事。

「不過，三年前她回來了。」基順說。

「出國多年，回來後，不僅她的兒子老了，孫兒女也已有好幾個。」黎加洛補充說。

「她現在起碼也已有七、八十歲了吧？」蘇惹諾再問。

「八十多歲。」黎加洛答說。

「而去年她卻患了重病。」彬蘭磊喝一口啤酒，潤一潤喉嚨說。

「她患了什麼重病？」蘇蕙諾又好奇地問。

「肺癌。」

「肺癌？」蘇蕙諾不禁駭愕。

「有什麼好驚訝的。」彬蘭磊稍微不滿地白了蘇蕙諾一眼。「羅威不是才說了，仁娜的肺癌已在我治療下控制得好好的了。」

「對不起，我一時失態。」蘇蕙諾道歉說。

「其實，」羅威忽然對彬蘭磊打上一強心針，說：「你病人這麼多，少了她一位，那有什麼關係，何必耿耿於懷。」

「我不是耿耿於懷少她一位病人，我只是可惜她的病情經我治療已在控制中，再活個三年五年是沒有問題了；但一旦找上別人，恐就會凶多吉少。」做為巫醫，口才有時是不可或缺的。

「唉！你的心腸也忒軟，」基順敬仰地輕歎一聲。「她還能到那裏找到像你這樣子的好醫生。」

「是的，你的醫術這樣高明，我才不相信她還能找誰去。」羅威也說。

「說起來，」彬蘭磊無奈地聳一聳肩，嘟囔說：「都是她那個長孫女在搞鬼。」

「如何知曉？」蘇蕙諾吸一口雪茄。

「因為每次都是她孫女帶她找我來。」彬蘭磊已飲下大半杯啤酒。「她最疼這位長孫女。」

「這跟你的信心診療有什麼關係？」蘇蕙諾再問。

「她常常質疑我許多問題。」

蘇惹諾摸一摸鬍子，繼續問：「這女孩有幾歲了？」

「看樣子，大概二十出頭。」

「就讀大學了？」

黎加洛在一旁靜靜地聽著，一邊習慣性地撚著八字鬍。

彬蘭磊驟地掉頭對黎加洛說：「黎加洛先生，這女孩也是選修護士學，跟你女兒同校，可能她們是同學。」

黎加洛剛要啜口酒，杯子卻停在唇邊。「嘿！有這麼樣巧？」

月光忽然被飄過的一片黑雲一遮，夜更往深處走。羅威瞧一瞧手錶，不覺說：「時間過得這麼快，一下子便十點多鐘了。」

大家將杯裏最後一口啤酒飲乾，站起身，互道晚安，便各自歸家去。

五

仁娜的孫女兒名叫馬莉莎，的確跟蒂絲在大學裏從第一學年開始便是同窗，並且彼此還非常談得來，從個人私事到家庭中事，幾乎是無所不談。兩人的坦誠相處，同學們便送出這麼一句話：找到蒂絲，就找到馬莉莎；找到馬莉莎，就找到蒂絲。

將近一年前，是一個中飯時分，兩人在校內餐廳一起用飯時，馬莉莎神情突然一憂對蒂絲說：「蒂絲！妳知道嗎？我奶奶真不幸！」

「是什麼事？」

「她得了肺癌。」

「什麼！」蒂絲嚇了一跳，她曾經接受馬莉莎邀請，到其家玩過好多次，所以認識馬莉莎的祖母。「她是怎樣得了這種病？」

「也不曉得怎麼樣的？她不抽煙、不喝酒。」馬莉莎眉頭不展講述著。「四個月前，她時有咳嗽，初以為是天氣不好，受到感染，找醫生去也是這樣看法，便讓她服藥；可咳嗽不但不見效，卻愈來愈頻仍，愈來愈猛厲，時胸部還會疼痛，後來竟然咳出了大量的血來。我們吃驚了，醫生也有些顧忌，便提議我們最好能帶她到岷市肺臟中心醫院去作詳細的檢查。前兩星期，因為需要上課，我不能同行，經父母親帶她到岷市檢查後，發現竟是罹患肺癌——還是末期了。……」

「天呀！」蒂絲低沉輕喊了一聲。「為甚麼這不幸會降到她身上？」

「是阿！她一生已夠悽涼了，晚年還遭受這種折磨。」

「醫生如何說？」

「只有一年餘的生命。」馬莉莎喉頭哽咽地嚥下一口唾液。

「就沒有其他辦法了？」

馬莉莎無奈搖一搖頭。「那能還有什麼辦法。不就只能盡人事，聽天命了！」馬莉莎按捺不住抽咽起來，蒂絲便靜靜地在旁邊讓她將情緒洩夠盡。過一會兒，馬莉莎心情稍平靜了，再繼續說：「目前每星期兩次，她老人家都要到岷市肺臟中心醫院接受化學治療，路途之遙遠，總需在醫院過夜，不但非常不方便；且每次治療都令她感覺十分痛苦，總鬧著寧死也不醫治了。」

「但願上帝能賜她力量。」蒂絲不忍心說：「就讓我們為她老人家祈禱吧！」

兩人便手攜手低下頭，祈求上帝能讓她老人家在這最後人生旅程，減輕痛苦地走過去。……

往後日子，每次見面，蒂絲都會關心向馬莉莎問候其奶奶的病情；並且還一兩次約了幾位同學去看望她老人家。

但每次看望後，蒂絲心情都會十分沉重；而除了給予馬莉莎安慰外，也只有跟她面對面，不知如何是好。

又是一個中飯時分，馬莉莎對蒂絲說：

「蒂絲，我奶奶目前暫由一位巫醫診療著。」

「巫醫？」蒂絲怔一怔。「為什麼請教巫醫？」

「因為有朋友介紹，我父親便說，試試看，說不定真的會有奇蹟；另方面，我奶奶也可免接受化學治療。」

「這巫醫是誰？」

「就是那位彬蘭磊。」馬莉莎說。

「原來是彬蘭磊！」

過不多久，休息時間，馬莉莎在課室外走廊靠窗前，喜形於色握著蒂絲的臂膊說：

「蒂絲，自從我奶奶由巫醫彬蘭磊把診後，真有些起色，雙頰有了微紅，精神也較前些時良好，又有胃口，真地有了奇蹟。。」

「是這樣厲害！」蒂絲睜大眼睛。「他是怎麼樣給妳奶奶治療的？」

「他除了給我奶奶服用說是一種自製的傳統祕方，就是一套信心治療。」

「如何信心治療？」

「說起來，也是一種信仰治療。他醫室旁邊設有一神壇，我們每次去時，他先為我奶奶把脈聽診，然後就走到神壇前，戴上一個長長尖尖的圓帽子，點上三枝日本長香，寫上一張我奶奶名字的紙條放在壇桌上，就開始唸唸有詞起來；念了約有十來分鐘，便要我奶奶過去，他就將其雙手放在我奶奶頭上，閉上眼，再唸唸有詞十來分鐘。念畢，張開眼，放下手，最後便對我奶奶說，妳要絕對有信心神明會醫好妳的病，也要絕對有信心妳的病一定會好起來。這樣，我才能為妳醫好病……」

蒂絲聽得有些發愣。「就是這樣子？」

「就是這樣子！」馬莉莎把頭用力地點一點說。

「真是不可思議。」

「我也覺得很詭異。」馬莉莎也迷茫說：「而下一次再去時，他就先問我奶奶有信心神明會醫好妳的病嗎？有信心妳的病一定會好起來嗎？我奶奶每次都點點頭說是，他便說這樣子很好，再開始為我奶奶治療。」

蒂絲沒有作聲地盯著馬莉莎。

「況且，這巫醫還很有醫德，」馬莉莎繼續說：「我父親要多送點醫禮給他，他不但不收，還對父親說，他懸壺濟世，要到病人痊癒了，他才能收醫禮。」

「哦！這樣難得。」蒂絲讚嘆說。

「也許上帝聽到我們的祈禱了。」馬莉莎雀躍地說。

「但願上帝永遠祝福她老人家。」

可是，大概是這次談話後又過一兩月餘，馬莉莎依然跟蒂絲站在走廊窗前聊著；陽光透過樹梢射進窗口來，照在馬莉莎側面，令其大半部面龐更清晰地顯得幼嫩秀麗。

但，眉黛間卻沒有先前的喜色了。

「蒂絲！我奶奶的病又轉惡了。」

「妳不是說，她經過巫醫醫治，已是一天較一天好了起來。」蒂絲有些摸不著頭緒。

「那是初期。」

蒂絲沉吟一下。「巫醫怎麼說？」

「他說我奶奶的病因為已較嚴重，所以有時會這樣子，反覆無常；不過，只要有信心，慢慢是會好起來的。」馬莉莎頓一頓。「然我現在對這位巫醫彬蘭磊很有存疑。」

蒂絲提議說：「何不再換個醫生看看去？」

「我也有這樣想法。」馬莉莎說：「我回家就跟父親說去。」

回到家，馬莉莎跟父母親磋商後，預備要把其奶奶換醫生去；然而其奶奶卻堅決拒絕說：

「這位巫醫好好地給予我看病，為甚麼要換醫生，我才不要。」

「不是要妳換醫生，而是要讓妳多給一個醫生看看，這對妳並沒有什麼壞處。」父親哄著奶奶說。

「不必要了，你們都不知曉，我每次到巫醫那裏，讓巫醫摸一摸，診一診，便會馬上感覺病情好了大半截，身體舒暢，精神飽和，又不須接受化學治療。……」

也的確，每次離開醫室後，回家路上，瞧著她說說笑笑的神情，猶如是一個病癒了的人。

「很有些神奇。」一家人都感詫異。

可是，回家後不久，病勢又呈危了，時而昏昏沉沉，時而激烈咳嗽大吐血。

「這是怎麼樣的一回事？」

於是，一家人又納悶、不解、愁苦。

馬莉莎便將這情況轉告蒂絲。

「妳有向巫醫說了嗎？」蒂絲問。

「說了。」

「巫醫怎麼說？」

「這是信心不夠的問題，」在一間佈置幽雅、面積還算不小的樓房。彬蘭磊聽完馬莉莎說明後，兩顆黑瞳仁溜來溜去一下，然後盯住仁娜，胸有成竹地說：「我不是屢次告訴妳了嗎？妳要對神明一定會醫好妳的病絕對有信心，也要對妳的病一定會好起來絕對有信心。」

「我……我有信心呀！」仁娜神志恍恍惚惚急忙爭辯說：「打一開始，我就有信心呀！」

「是的，妳有信心，我知道，但不夠深。」

「不——夠——深？」仁娜表情困惑。

「信心也有分層次：僅信心，夠信心，絕對有信心；妳呢？只是信心。」

「我是這樣子？」仁娜一臉茫然。

「妳是這樣子。」彬蘭磊兩顆黑瞳仁又溜來溜去。

「那……我該怎麼樣辦？」仁娜焦急地問。

「妳過來，」彬蘭磊把仁娜帶到神壇前。「妳要真實又懇切地對神明說：我絕對對神明有信心。一連說十句。」

仁娜糊糊塗塗遵照彬蘭磊的吩咐做了。

「說得大聲點。」

她將聲音放大了些。

「再大聲點。」

她再出力地放聲。

「然後妳問問看，神明需要什麼？」

她又照做。但過了一會兒。「我沒有聽到神明回我話。」

「好！妳坐去。我代妳問。」彬蘭磊就獨自一人站在神壇前，閉上眼，唸唸有詞起來。約莫唸了十分鐘，便慢慢地跪了下來，一面叩起頭來，一面口中不斷地說著：「是！是！是！……」

宛如是聽完了神明的話，彬蘭磊站起身來，來到仁娜身邊，笑嘻嘻說：

「恭喜！恭喜！妳的誠懇終於感動了神明。神明說，只要妳對他信心不變，妳的病就會暫暫好起來；現在神明希望妳能捐點錢給他用。」

「沒有關係！沒有關係！」仁娜不假思索往皮包裏一掏，一下子便是幾千塊。

「什麼！幾千塊？」蒂絲驚叫起來。「妳奶奶瘋了嗎？」

「我也不明白，」馬莉莎搖一搖頭，憂慮地說：「她平時是夠吝嗇的。」

「也許，人病得重了就是這樣子，只渴望神明能施予奇蹟，再多的捐獻都算不了什麼。」蒂絲聲音放低下來，有所思維地說。

「說得也是，這是人之常情。」

亦誠然——

馬莉莎再次帶其奶奶找巫醫去，告訴巫醫她奶奶病情絲毫沒有改善，便單刀直入質疑這樣醫治有效嗎？彬蘭磊依舊兩顆黑瞳仁溜來溜去；然後也真夠大膽的，不慌不忙，不但沒正面回答，還亂保證說：「因為現在病情尚未控制在一定範圍內；一旦病情控制在一定範圍內，再活個三年五年是不成問題的。」說罷，把頭轉向仁娜。「妳的誠懇雖然感動了神明，但神明或者有他的看法，妳要是能再表現誠懇點，多捐些錢給神明用，也許神明會儘快幫妳把病情控制下來，妳的病就會好起來。」

仁娜一聽，二話不說，比前次幾千塊還多了不知多少的放進神壇前的捐款箱裏。

可是，再一次問診去，彬蘭磊又有話說：「神明昨晚托夢給我，說人心愈來愈叵測，要提高信心信仰寸度，所以妳的誠懇雖感動了他，然還不及寸度，希望妳能更加努力。」

仁娜又在再鈔票上加上鈔票。

就這樣，接下去，每次問診去，就是誠懇雖感動了神明，可還不及寸度，鈔票也就一次多一次從仁娜手中流進捐款箱裏去，而她的病並沒見得有轉好；相反地，身體是一天天地虛弱下去，嘔血愈來愈越頻繁，疼痛的折磨更是無時無刻了；而在昏迷中還常做惡夢地高喊起來：「神明！神明！神明呀！我對你絕對有信心，絕對有信心你會醫好我的病。」

幾乎是到了精神錯亂的田地。

「這根本不是在行醫，是詐騙。」馬莉莎一次忍無可忍憤慨地對蒂絲說。「現在即使在巫醫面前，她也是無精打采了。」

「妳不責問他？」

「責問他了，我問他神明是如何來拿錢用去呢？」馬莉莎憤極地說：「妳可知道，他如何回答我嗎？」

「他如何說？」

「他說，原來是我阻礙我祖母的康復之路，因為我對神明是如此不敬。」

蒂絲不禁噗哧一笑。「這是什麼話。最好妳再勸勸妳奶奶找醫生去。」

「勸了又勸，不知勸了多少次；勸得一家人舌頭都快掉下來了，她不找醫生醫治去就是不找醫生醫治去。」馬莉莎慨歎地說：「其實，說起來，都是咱們一家人的不是，太輕信人家的話，害得我奶奶神志被巫醫抓弄得恍恍惚惚的。」

「這巫醫很會捕捉病人的心理。」

「應該說是一位了不起的心理學家。」馬莉莎深嘆一聲。「連咱一家人也被他當初的『好醫德』騙了。」

一日，蒂絲神神祕祕地把馬莉莎拉到校園後一棵椰子樹下，悄悄地對她說：

「馬莉莎，我認識到一位華僑醫生。」

「喔！原來妳是有了男朋友。」馬莉莎故意向蒂絲眨一眨眼。

「別瞎扯，」蒂絲虛勢掄起拳頭說：「我是有一件事要告訴妳。」

「好，算我說錯了，是什麼事？」

「這位華僑醫生是個肺部專家，」蒂絲說：「老早我就在想，妳奶奶可以讓他看看。」

「怎樣？妳認識這位醫生多久了？為何說『老早』的。」馬莉莎帶著搜索的眼神說。

「倒是有一段時日了。」蒂絲坦率地說。於是，她便將她跟林勁輝認識的經過及交往，以及相偕到嘉梅淩山區義診去的事，一一向馬莉莎說了。

「你倆這樣難得，以後有機會我可以參加你們的義診行列嗎？」馬莉莎羡慕地說。

「我可以代林醫生歡迎妳。」蒂絲說：「不過，現在我們先來討論妳奶奶的事情，妳想如何？讓他看一看，也沒什麼礙事的。」

「問題是……妳也曉得，我奶奶願意嗎？」

「這麼吧！」蒂絲若如已想好了般。「讓我試試向妳奶奶說去。」

「好極了！」馬莉莎喜出望外地緊緊握著蒂絲的手。

想不到，仁娜一聽到蒂絲說是位華僑醫生，她的思想彷彿馬上跑到好遙遠好遙遠的地方去，眼神呆楞楞地望著蒂絲喃喃說：

「華僑？華僑？在美國，好多好多華僑醫生都很有本事；妳知道嗎？我在美國時，一旦身體不舒服，找個華僑醫生去，一診治就好了。……好！好！只要沒有化學治療，我願意讓那個華僑醫生看看，讓那個華僑醫生看看，妳就帶我去！帶我去！」

一家人無不驚喜交織地向蒂絲投了感激眼光。

蒂絲便跟林勁輝約好了日子，帶著仁娜問診去。

六

林勁輝著了一套白色醫生制服，手裏拎著聽診器，上了醫院二樓。這是他每日的慣例工作，早上先巡視住院病人，幾乎巡視完畢已是將近九點鐘，才到醫室為應診的病人看病。

靜寂的走廊在凌晨裏響著他「橐橐」有節拍的鞋聲。他一步步地朝前走去，來到二〇六房，舉起右手把眼鏡往鼻樑上托一托，再輕敲一下門，然後慢慢扭動門鎖走進去。

這是位體格粗大四十多歲男子，由於抽煙過度，患了支氣管炎，咳嗽不已，呼吸困難，只好入院打針。病人這時已起床在用早餐。

「昨晚睡得好嗎？」林勁輝走過去親切地問。

「昨晚已沒有咳嗽，一睡就是到天明。」病人精神飽滿地說。

「好極了，」林勁輝用聽診器為病人聽一聽肺部，笑著說：「一切都非常正常了，恭喜你。等一下櫃臺開了，你就可辦理出院手續。」

「謝謝你的幫忙，林醫生！」病人快活地說。

「不過，」林勁輝聲音溫和，提醒說：「千萬要記住，出院後一定要戒煙，病才不會再起。」

「醫生，我一定會遵照你的話做。」病人跟林勁輝緊緊握一握手道別。

林勁輝離開二〇六房，來到二一〇房。

房裏一片靜悄悄，病人好似還在睡夢中。

「林醫生，早！」馬莉莎的母親一聽到敲門聲，便知是林勁輝到來，隨即從小床上爬起來，輕步迎接去。

「伯母，妳也早！」林勁輝也向馬莉莎的母親微笑點點頭，移步到仁娜躺著的床邊，從床頭櫃拿起紀錄夾瞧了瞧，再瞧瞧尚在熟睡中的仁娜；這時，馬莉莎的母親已站在他身邊，他便掉過頭去，輕聲問著：「昨晚她睡得好嗎？」

「昨晚一夜只有輕微咳了幾次，倒頭便又睡。」馬莉莎的母親說。自從仁娜進醫院後，她便輪值每晚看顧她。

「沒有再作惡夢？」

「沒有。」

「那很好，有進步，藥就這樣繼續照服。」林勁輝說著把紀錄夾放回原處。

正當他要轉身離去，仁娜卻醒了過來，定睛望著他，聲音微弱地問：「醫生，早晨了嗎？」

「是的，奶奶，妳醒了。」林勁輝也跟隨馬莉莎喚仁娜奶奶。

「那麼，我今天可以出院了？」仁娜馬上接口問。

林勁輝猶豫一下，稍微俯下身，含笑伸過手去，在仁娜前額上撫摩著說：「妳身體還有些兒毛病，待過兩三天後，妳完全康復了，就可出院。」

「還要兩三天，好久呀！」仁娜神情似孩兒焦急起來。

勁輝。

「嘿！兩三天一下子就到，」林勁輝哄著說：「別焦急，一焦急，病就不容易痊癒。」

仁娜像聽話的孩童，為希望能夠早日出院，便沉靜下來帶著小孩「你不騙我」的眼神睥睨著林勁輝。

「時間尚早，妳再睡一覺吧！」林勁輝趁機要仁娜再好好休息。

踏出病房，他不覺在門口站一站腳，深深地嘆了一口氣。他這人就是這樣子，心腸太軟，每次碰到病人，知曉已沒有起死回生的希望，心境便會不期然而然沉重起來；所以，有些時，他會對自己起疑，是否當得起醫生？就說這回蒂絲帶著仁娜來找他時，他經過一番細心的診察後，驚訝地發現癌細胞不僅侵蝕了仁娜的整個肺部，更老早的已在體內擴散開來；並且，精神上還患有嚴重的恍惚病，他心頭即刻油然生出一股說不上來的無力感。

「為什麼會這樣子，肺癌已如此嚴重了，還來患上精神恍惚病？」他悲慼地問馬莉莎。

「這大概跟她找巫醫醫治有關吧！」馬莉莎率直地將其奶奶為何找巫醫去，如何接受巫醫治療的種種情況，一五一十告訴林勁輝，然後說：「幸得，她一聽說你是位華僑，才肯來找你。咱們一家人都明白，她的病是好不了，只是求她離去前，精神能夠恢復平穩，好平平靜靜地走。」

「好！我會跟精神醫生互相配合，盡力而為。」林勁輝點點頭答應說。但做為一位醫生，他也有責任將病者的真相對其家眷做交代，於是又說道：「至於她的癌症，謝謝妳先說了，我也可坦率告訴妳，妳奶奶的癌症已到了非常嚴重的地步，體質又相當荏弱，做任何治療都是已不濟事，包括化學電療，……」

「不做化學電療最好，因為她本人也不要。」馬莉莎接口說。

「不過，絕望中覓生機，」林勁輝將眼鏡往上托一托，情意懇切地又說道：「就不要化學治療吧！我還是會找位癌症專家研究配合，能夠醫得多久就盡量多久；不是嗎？人之常情，親人能多一刻留在我們身邊，也是一刻的快樂。」

「謝謝你！林醫生！」馬莉莎跟其父母親都不禁笑顏以對地感激不已。

精心竭力醫治，雙管並進之下，仁娜的咳嗽、嘔血、疼痛減少了，夢魘亦暫暫消失了。

「但妳奶奶的生命隨時隨地都有被死神帶走的可能，妳要有心理預備。」林勁輝還是提醒馬莉莎。

「謝謝你的關心，林醫生！咱們一家人對這一刻的來臨都已有充分準備。」

其實，看到仁娜病痛有些減輕，林勁輝內心也感覺欣慰。

倒教他不知如何是好的，是仁娜一旦有感身心稍為舒適，就鬧著要出院，他便會非常難堪，因為他知道她是難以再有出院的希望了。

為免林醫生難堪，馬莉莎便來解圍；畢竟她是仁娜的孫女兒，孫女兒比較了解祖母的心理，她就連哄帶嚇對仁娜說：

「妳出院了，林醫生就不能再為妳治療，妳要怎麼辦？再找那位巫醫，妳不怕妳身體會再疼痛，夜夜會再做惡夢嗎？」

「怕。」

「怕，那就在這裏靜靜地讓林醫生醫治，待醫好了才出去。」

然而，另方面，仁娜不想再找巫醫去，巫醫卻在等著她再來。

或者是等得有些感覺不對頭了。一天晚上，馬莉莎從醫院探望奶奶回來，剛換過睡衣，忽接到巫醫打來的一個電話。

「妳奶奶好嗎？」

「在醫院。」

「做什麼？」

「接受醫生治療。」

「為甚麼找醫生？妳奶奶的病會更糟。」

「誰說的？」馬莉莎不客氣地說。「繼續找巫醫才更糟！」

七

彬蘭磊掛上電話後，一顆心自制不住地往下沉。

「完了！」他無聲叫著，深深地意識到，財路斷了。

想著當仁娜第一次來找他問診時，他是那麼受寵若驚，因為雖然在傳統上，菲律賓人對巫醫都十分遵重，但仁娜卻是個出國多年的移民者，很難想像一個如此長久生活在國外——還是世界上最先進的國家——的人，回來後，有病了，還找上他這種巫醫，著實令他有一陣子不敢置信。

其實，他有所不知，仁娜雖累月經年生活在美國，過的即是一種深居簡出，形單影隻的生活。所以，無形中，還是相當保守著菲律賓的傳統。

起初，他本想要直接告訴她，對於她的末期肺癌他是無能為力了；然轉而一想，人既然到來，就猶如一條大魚從天而降，他自是要將這條大魚牢牢箍住。他憑他為病客「診病」的經驗，知道仁娜還有一年的生命。「只要我能好好把她拉住，運用點手腕，一年也是大有可為的。」他打著念頭地想。

然而，巫術畢竟是巫術，初期尚能見效，日子一久，效力便失，不幸者有時還會遭遇「走火入魔」之災，仁娜就是這樣子。

而經過一年的斂財，彬蘭磊應該知足才是；可是，人終究是渺小得可憐，跳不出「貪」字的圈子。到手的已夠多了，還希望能更多；尤其是預期的未能達到，反覺得是「流失」了。他心頭便大大不甘。

「她找誰問診去？」他猜想著：「是原先那個醫生？」

幾乎是被「貪」字重重地擺佈著，他在室裏不斷地踱步。四周已靜寂無聲，只有他底踱步聲在響著。他絲毫睡意也沒有，心胸唯有一股說不清的壓迫力，令他喘不過氣來。「我需查一查去，是那個醫生。」最後，他對自己下決心說。

到底，依瑪市不是什麼大都會，一下子彬蘭磊就查到他所想知道的答案了。

——這是怎麼回事？依瑪市什麼時候來了這麼個華僑醫生！彬蘭磊一時大感錯愕。

民族主義走到極端，總會患上民族主義敏感症。

一患上民族主義敏感症，理智就會失去作用。

於是，不甘中更加不甘了。

驟地，他彷彿聽到有個近年來大家都談得如火如荼的話題在他耳邊響起：「吾菲國何之不幸，有獨立之名，沒獨立之實，處處受制於人；尤經濟方面，還完全操控在華僑手中。……」

「而華僑！他們賄賂致富，無法無天；住了菲國最美麗的房屋，食了菲國最美味的食物。他們的奢華享受，完全都是剝削吾菲律賓同胞之血汗而得。……」聲音繼續在他耳邊響著。

他簡直無法再有片刻的平靜了，失了理智般地暴跳如雷，咬牙切齒吼起來。「華僑！華僑！可惡的華僑！可憎的華僑！」一個華僑得罪他，就是整個華僑得罪他。

「所以，必須要教所有的華僑滾出菲律賓！滾出菲律賓去！」最後，一股若洪鐘的聲音衝破彬蘭磊的耳膜注入神經中樞。

他的血液馬上向上沸騰。「是的，這個叫什麼林勁輝的小子是那號人物？竟敢來這裏搶我的飯碗。就先教你好看才是！起碼，不教你滾出菲律賓，也要教你滾出依瑪市；要不然，我就不是彬蘭磊。」他想著。

但要以什麼方法來讓他好看呢？

出師總須有名！

他想來想去，想了好多天，卻始終想不出方法來。

忽然，他在第一時間獲得到一個消息——仁娜逝世了！

他狂歡大喊起來：

「天助我也！天助我也！」

是晚，彬蘭磊提早到酒坊等他那群朋友。

他這時不再是一身巫醫裝飾，而是著了件淺灰色有領短袖衣衫，花白頭髮往後梳得平平的，兩撇翳鬚也垂直地沒有再朝左右嘴角翹起。

他在酒坊抽完一枝煙，喝了半瓶啤酒。朋友黎加洛、基順、羅威、便陸續地到來。

對他今晚的改裝及提早到來，大家都感覺驚奇，不約而同問是怎麼回事？

待大家圍坐在一起，他才說：「我改裝，是因為我要抗議；提早到來，是有重要消息要告訴你們。」

「什麼重要消息？」大家同時睜大眼睛，摒氣凝神。

彬蘭磊沒有即刻開口，有意賣關子似的，黑瞳仁先溜來溜去掃了大家一眼，方說：「仁娜撒手人寰了！」

「什麼時候？」幾乎大家又是愣然地同聲問。

「剛才下午四點多鐘。」

一陣默哀過後——

黎加洛悽惋問：「她最後病情是如何呢？」

「我不清楚。」彬蘭磊低沉說。

「你不清楚？」基順一楞地摸一摸微禿的頭顱問：「仁娜不是你在為她治療嗎？」

「她老早就找別人治療去了！」

「那你如何這樣快得知她辭世的消息？」羅威今天到理髮店去修剪了一下烏黑的頭髮，因而瞧起來容光煥發。

「是在醫院工作的一位朋友打電話告訴我的。」

「怎樣？她不讓你醫治後，是找醫生去了。」黎加洛撥撥八字鬍問。

「是，她是找醫生去。」彬蘭磊頓一頓，再眼掃大家，忽加重語氣。「還是位華僑醫生。」

找巫醫，再找醫生，人之常情，所以「找醫生去」，大家依然以平常心聽進耳朵裏；但接下來，一聽到「醫生」上面還加上兩字「華僑」這名詞，大家馬上都敏感地觸覺彷彿著了電一般，怔了一怔。基順吼起來帶著問號重複問：「華僑醫生？」

彬蘭磊掌握得絲毫不差。「是呀！」

「那來的華僑醫生？」羅威也緊接著問。

「難道你們不知曉我們依瑪市立綜合醫院來了位華僑醫生嗎？」彬蘭磊故作驚奇狀。

「是嗎？」基順再摸了摸禿額。「為甚麼不曾聽到過？」

「什麼時候來的？」連世故的黎加洛，也禁不住急著問。

「這……我也不大清楚是什麼時候來的，好像並不太久。」彬蘭磊黑瞳仁溜一溜，搔搔腦袋說：「不過，我經過一番調查，這華僑醫生姓林，名勁輝，岷市聖道頓瑪醫學院畢業，肺部專家。」

「多大年齡？」黎加洛撥著八字鬍問。

「大約三十出頭。」也真夠的，彬蘭磊竟調查得如此清楚。

「說起來還是個小子。」基順說著瞇起雙眼瞟了彬蘭磊一下。

「是的，還是個小子，」彬蘭磊馬上附和。再表現一副悲憫說：「所以，剛才下午我一得到仁娜的噩耗後，一直為她感覺非常惋惜。」

「是呀！起碼在你治療下還有三、五年的生命。」羅威不覺深歎一口氣。「我實在想不通，仁娜為什麼要換找別的醫生呢？」

「啊！羅威呀！你還不明白嗎？」基順聲音陰冷說：「彬蘭磊先前不是有說，仁娜接受他治療時，她長孫女不是常常跟他抬槓嗎？因此，常理中事，不找他醫治，是她長孫女的鬼主意；找上那小子醫生，也應該是她長孫女的鬼主意。」

聽著基順為他「解套」，彬蘭磊心中自是無限竊喜，因為這將讓人更能信服。果然，羅威問了：

「這些鬼主意對仁娜又有什麼好處？」

「當然沒有好處，但你對現代的年輕人又能了解多少？」基順回答說。

「幾乎不能了解。」

「所以啊！」基順轉眼問彬蘭磊：「你碰見過那華僑小子嗎？」

「我從未見過，不過，聽人說，人倒長得挺拔瀟灑。」

「我在想，是否仁娜的長孫女愛上了這個華僑小子？」基順再瞇起眼睛問：「才這樣子不介意一切要她奶奶給這小子醫治。」

「我想不會吧！」羅威不以為然地說。「咱們菲律賓女孩不是這麼樣不懂得自愛。」

這時，好久沒有開口的黎加洛，忽然撥一撥八字鬍，問道：「彬蘭磊！你可知道這位華僑醫生為什麼到這裏來行醫嗎？」

「這……我不清楚。」彬蘭磊聳一聳肩說。

黎加洛沉吟一下。「我最不明白的，這位華僑醫生為什麼跑到這裏來行醫？」

「是否在岷尼拉遇到什麼大問題，立不了足，才跑到這裏來混生活？」羅威推測說。

「但是何處不好去，偏偏跑來這裏，依瑪市並不是一個什麼大都會。」黎加洛呷一口啤酒，覺得羅威的推理不能成立。

「哎！總而言之，」基順喊起來。「這小子為仁娜治病，目的可是大又大的。」

「目的大又大？」羅威瞅一眼基順。「是什麼目的？又是什麼大又大？」

「哎唷！我的好朋友羅威啊！你可知曉仁娜在我們依瑪市是個什麼人物嗎？」基順一副無奈狀地問。

「在這方圓百里內，也算是位有頭有臉的貴族。」羅威說。

「那麼！我再問你，天下那位華僑不是見錢如見腥呢？」

「都是見錢如命。」

「那這個華僑小子能夠例外嗎？」

「同是一丘之貉。」

「藉醫斂財，你說這小子會如何？」

「不擇手段撈一筆。」羅威終於明白過來。

真虧基順來這一套，繪影繪聲得逼真又生動。彬蘭磊在一旁袖手地觀望著，他心頭是樂得不得了，不禁地想：「基順今天是吃了什麼？一路來一直為我『解套』。我又沒向他表明心跡，真是天在助我！」想著想著，忽聽到羅威最後那句話，他便緊抓住機宜，目含眼淚，狠狠地切入說：「就這樣，一位一直受咱們尊重的貴婦，終於走了！」

「這小子可惡至極！」羅威忿忿然說。「所以應該把這小子繩之以法。」

黎加洛在一旁撚著八字鬍聽著聽著，忽然苦笑說：「羅威！仁娜得癌而死，要如何繩之以法？」

「是的！是的！」羅威拍一拍前額說：「我一時氣過頭，竟忘了這一點。」

「就拿他沒法子了？」基順陰冷地問。

「當然，哪能容他繼續在這裏胡亂下去！」黎加洛用力撥一下八字鬍，重重地說：「須將這小子趕出依瑪市去。」

大家都同時朝黎加洛瞧過去。一時，四周鴉雀無聲。

「好建議！」羅威先叫好起來，接著大家「當仁不讓」同聲贊同。

彬蘭磊仰天一望，他就是在等這一句話。現在由黎加洛說出來，較其他人說出來還要來得有重量。

他對自己微微一笑，滿意極了。

上弦月懶洋洋似的，昏暗地掛在天邊。

這時，他好像才發現什麼般，問著：

「今晚蘇蒠諾為什麼沒有來？」

「他今早總公司忽有重要事，要他到岷尼拉去一趟，後天才會回來。」羅威跟蘇蒠諾比較接近，便回答彬蘭磊的問話。

八

不久，在依瑪市，便有傳言流轉開來——

「依瑪市來了位華僑肺部專家醫生，說是來替仁娜治病。」

「這位華僑姓林，名勁輝，三十出頭。」

「原來還是個小子，這樣好心，千里迢迢跑來這裏替仁娜治病！」

「哈哈！華僑會有這樣好心腸的嗎？分明還不是在窺伺仁娜的財產。」

「人說：華僑見財如見腥，絲毫不爽。只是……仁娜怎麼樣會找上這小子？」

「還不是華僑都有騙人的一手，這華僑小子自然也不例外，仁娜就這樣被騙上了。」

「可憐仁娜本來還有三、五年的壽命，就這麼樣地走了。真是太冤枉！」

「想想看，仁娜是咱們依瑪市的望族，生前為人又是那樣慈仁，今被這小子害死了，我們能夠坐視不管嗎？」

「這小子本來就不是什麼醫生，可能還是冒充的。」

「真可惡。」

「那該怎麼樣辦？」

「法律奈何不了他，就教他滾出依瑪市去。」

「是的，非教他滾出依瑪市不可。」

「滾出依瑪市！滾出依瑪市！……」

傳言就這樣子如雪球般越滾越大、越滾越大……

……

於是，訴諸行動開始了。

先是零星的有部份人到仁娜墓前哀悼去，說要為她討回公道；再到醫院門口分發傳單，教病人勿找林醫生去，免得受騙。

再來，醫院門口出現舉牌、喊口號示威了——

「林勁輝是騙子！」

「林勁輝是殺手！」

「林勁輝這華青小子滾出依瑪市去！」

「同鄉們！要當心，華僑沒有一個是值得信任的！」

暫暫地，示威群眾由數十人，而二、三十人，而五、六十人，再而百多人……。且次數愈來愈越頻仍。

終於，星星之火，燎原開來。一個星期六下午，一場有規模的大示威便在醫院門口爆發了。火爆的示威群眾攔住醫院門口，亦阻擋交通去路。一方面舉牌喊口號，又要林勁輝賠命來、又要林勁輝滾出依瑪市；再一方面要求醫院馬上將林勁輝辭掉，免得院方蒙受不清之譽。群情一片激昂……

「蒂絲！蒂絲！」

蒂絲正在房裏做功課，忽聽到樓梯口傳來馬莉莎喚叫她的急促聲。

她楞了楞掉轉頭去，馬莉莎已一臉氣急敗壞，上氣不接下氣來到房門口。

「什麼事如此慌慌張張？」

「很對不起，打擾了妳，因為事情不得了了！」

「是什麼事不得了？」蒂絲再一次地問。但見馬莉莎臉沒洗、髮沒梳，一身衫衣短褲的家中便服。

「醫院門口又爆發示威了。」

「這不是司空見慣的事了嗎？」蒂絲闌珊地說。

對於不利林勁輝的謠言。起初，兩人一有所聞，馬莉莎便非常生氣說：「這定是彬蘭磊搞的把戲。」蒂絲卻勸告道：「沒有證據，不要隨便誣賴人。」且指出，仁娜生前是依瑪市一令人尊重的貴族，她的死，無不震動全城的人。當人們得知最後為她診治的是位華僑，在這排華年代，再加上社會上總會出現一些吃閒米的人；於是乎，藉機搬弄是非把悲痛發洩在華僑身上，是常理之事。

而所謂「謠言止於智者」，根本是成不了氣候，還是不去理睬好了。

「然這次不同，說是規模頗大，還設有講臺，似乎是有備而來。」馬莉莎說。

「妳怎樣曉得？」

「我的鄰居告訴我，他剛從那裏回來。」

「聽妳這樣說，事態好像有些嚴重。」蒂絲打起精神來。

「我也有這感覺。」馬莉莎回應說。

「我們這就立刻瞧瞧去。」蒂絲放下書本，也跟馬莉莎一樣，沒梳髮、沒換衣服，拉著馬莉莎一口氣跑出店門。

兩人徒步若飛。

不久，醫院在望了，但見門前人群擠擠攘攘，牌旗如海。兩人不約而同都本能地止步不再朝前走。

「這樣多人！」蒂絲驚異地說。

「少說也有三、四百人。」馬莉莎眼睛一眨也不眨遠遠地直盯著人群說：「不久前，才聽說人馬寥寥可數，什麼時候竟成了這麼樣大陣仗。」

「相信幕後是有人在計劃的。」

「妳看，臺上有個人在演講，是誰？」馬莉莎陡地指著臺上的人說。

「我看不清楚。」也許，距離太遙遠，蒂絲集中視力，還是瞧不出。

這時，演講好像告了一段落，臺上的人忽然振臂一呼。

「林勁輝！賠命來！」他一呼。

「林勁輝！賠命來！」臺下眾人便跟隨一呼。

「林勁輝，滾出依瑪市！」

「林勁輝！滾出依瑪市！」

「……」

「……」

一人聲小，眾人齊聲便如雷貫耳直衝進蒂絲及馬莉莎耳朵裏。

「臺上這人是誰，口號亂喊一通。」蒂絲不以為然蹙一蹙眉。

「來，走近瞧瞧去。」馬莉莎拉著蒂絲並肩又朝前走。

每邁前一步，臺上的人影就看清一點；一步再一步，人影便愈來愈越明晰。……終於，整個人影看得清清楚楚了。蒂絲怔住了。

「竟是爸爸的朋友基順！」她內心無聲喊起來，不由得想著：「是否爸爸亦參與其中？那麼，包括彬蘭磊，他們是一群的。馬莉莎的猜測指責，豈不是言中了！」臉色隨即發白，雙唇抽搐一下，幸虧馬莉莎沒有注意到。

這時，基順似乎講完了話，也喊畢了口號，便大聲地向臺下的群眾問著：

「有誰想發表意見嗎？」

「我有！」臺下左邊有人舉起手。

「我也有意見要說。」右邊也有人舉手喊著。

「這裏也有人想說話。」

「那裏也有。」

「……」示威群眾都紛紛想發表意見。

「好！就先請右邊那位先生上臺講話。」基順指一指右邊那個人說。

那個人一上臺，就大講特講起來。

「……照我看，像這種華僑小子，一下子就將他攆出依瑪市去，未免便宜了他；應該拘禁於牢獄，讓他嚐嚐苦頭才是。……」

「對！對！對！」臺下眾口馬上一片贊成聲。

「臺上這個人又是誰？亂提意見。」蒂絲在一旁聽了氣不忿地說。「林醫生也沒有犯什麼罪，要如何把他囚禁起來？真是笑話。」

「讓我上臺反駁去。」馬莉莎忍不住，便要搶上臺去。

「且慢！」蒂絲有些顧慮忙一把手把馬莉莎拉住。「還有很多人要上臺講話，多聽聽他們的意見再說吧！」

果然，馬莉莎被蒂絲一擋，又有個人跳上臺去。

「將這華僑小子囚於牢獄，的確是好主意；不過，我覺得斬草必須除根，想想看，將這華僑小子投於獄裏，就能擔保以後不會再有第二個華僑小子來掛壺行騙嗎？所以，我提議最好能夠立法限制華僑行醫。」

「更是好主意！好主意！」臺下又一片叫好。

然後，群眾裏七嘴八舌起來——

「不是有好多菲化案了嗎？如米麥菲化案、零售商菲化案、……現在再來個醫業菲化案，咱們菲同胞在各領域便更能有保障了。」

「不錯！為讓咱們菲同胞在各領域都能獲得保障，來個醫業菲化案是絕對應該的！」

「來個醫業菲化案，也可保障找醫生不會受騙受害。」

「一舉多得，再好不夠。」

「立刻行動！」

「立刻呈文國會去。」

「醫業菲化案萬歲！醫業菲化案萬歲！……」（註四）

「菲人第一萬歲！菲人第一萬歲！」

一時喧嘩得不可開交。

「真是沒有見識的一群！」蒂絲厭惡地說。

「豈止沒有見識，簡直是瘋了。」馬莉莎接口說。

「也許，瘋了的人，才會認為菲化案是對的。」

「菲化案是對愛國的一種表錯情。」

「妳也有這種看法！」蒂絲驚奇地掉頭瞟了馬莉莎一眼。

「別忘了，我媽媽跟妳媽媽同是『國際人民平等互助團菲律賓分團的成員』。」

兩人互瞅一眼，苦澀地哈哈大笑起來……。

四周繼續一片鼓噪。

馬莉莎忽地又忍耐不住掉頭對蒂絲說：「事情都是由我的家庭而起，還是讓我上臺說明去。」

她沒等蒂絲有何回應，便衝上臺去。

她站在臺上拉開嗓門大聲說著：「各位鄉親！你們誤會了，林醫生是我的家庭請來為我奶奶治病的，並非坊間所傳，說是什麼他想窺伺我家財產……」但說不上兩三句，臺下便起了一陣不願聽的「呼呼」聲。

「亂說話！亂說話！」

「亂說話！亂說話！」

群眾騷動著。於是，有人粗聲暴氣問馬莉莎：

「喂！妳是仁娜的什麼人？」

「我認得她，她是仁娜的長孫女。」有人代答。

「她的祖母不是被那華僑小子害死了嗎？為什麼還在這裏為那華僑小子說話？」

「說不定，這女孩神經有問題。」

「也許，是迷上那華僑小子了。」話一句比一句難聽。

又於是，群眾更加激厲了。「那麼！就閉上嘴下臺來！」

「下臺來！下臺來。……」

蒂絲默默站在一邊觀看著，群情越來越情緒化，而馬莉莎站在臺上不知所措的幾乎要哭了出來。

她跳上臺去，把馬莉莎抱住，安撫說：「現在群眾正被民族激情緊緊箍住，說什麼沒附和他們情緒的話，他們都聽不進耳朵裏去，只徒費口舌，還是下去吧！」

她摟住馬莉莎肩膀，左轉要下去，偶而抬一抬頭，忽見基順與羅威並肩站在一起，兩人皆一樣雙手交叉放在胸前，悠閒的神情似乎正在欣賞著群眾的激情。

她好像預感到什麼，把頭掉向右邊瞧一瞧。

不瞧也罷，一瞧，一顆心幾乎要跳出口腔來。父親嚴厲的眼光不偏不倚正對準著她，她先是機伶伶打了個戰慄，接著一顆心便往下沉；然後她又看見彬蘭磊眉開眼笑地站在不遠地方，而他旁邊的蘇惹諾一臉無表情地在抽著雪茄。

「我們走吧！」她近乎沮喪地把馬莉莎肩膀摟得更緊。迅速地離開人群。

走出人群，兩人並肩朝前走。一路上，馬莉莎神情非常難過。

「很是對不起林醫生，請他來替我奶奶治病，反而讓他惹上一身是非。」馬莉莎深嘆一口氣說：「要是我父母親今天在這裏的話，上臺將事情說清楚，相信是沒人敢對他們呼呼叫的。」她父母親在她奶奶下葬後，便相偕到美國去料理奶奶生前留在那邊的遺產，並打算在那裏居住一段時期。反正馬莉莎她們弟妹都已長大，懂得照顧自己，父母親儘可放心。

「是的！真是對林醫生過意不去，幸得他為人很豁達。」蒂絲記得早先她難為情地對他提起外間對他有不利的謠言時，他不僅泰然地認為是點『誤會』，反還希望她能夠釋懷，風趣地說：「我相信現在依瑪市，我是最出名的了！」她當時聽了，白了他一眼，但也笑開了。

然，這時候她卻笑不出來，因為她心情好沉重。

兩人並肩繼續朝前走。

「蒂絲！」馬莉莎叫了一聲。

「什麼事？」蒂絲掉頭過去。

「妳不覺得事情搞得太夠份了嗎？」

蒂絲苦笑地聳一聳肩。

「這肯定是彬蘭磊在搞鬼。」馬莉莎再一次說。

「怎麼樣？」蒂絲的心跳了一下。「妳剛才在臺上看到了什麼？」

「沒有看到什麼，我只是一直都有這麼樣的感覺。」馬莉莎眼望前頭。「想想看，我們帶我奶奶找林醫生去，他便失掉了飯碗，怎樣不會不滿？可是他又奈何不了我們，自然便要遷怒於林醫生了。」

蒂絲靜靜地聽著。心想：「其實，我早也應該想到這點才是；而父親跟彬蘭磊是一夥的，豈有不幫他的理由？」

馬莉莎輕喟一聲，又說下去。「而今天想要對付一個華僑的話，最容易不過的方法，就是借排華來打擊對方。」

再輕嘆一聲。「唉！吾國當今局勢，幾乎無話不是排華，無事不是排華；且只要說的話是排華，做的事是排華，大家便不分青紅皁白，盲目地附和……」

＊註四：後來醫業菲化案在國會通過立案。

九

蒂絲回到家裏，坐在餐桌前，對父親及其那些朋友的所作所為，愈想愈越氣惱；尤其是父親，還使她有一份羞恥感。因而臉上忽而一陣青，忽而一陣紅。

「蒂！瞧妳今晚的臉色有些不對，是受到什麼委屈嗎？」這時，已是傍晚時分，除父親尚未回家，一家人正圍坐在一起用晚膳。母親總是坐在蒂絲旁邊，有感她神情有點異樣。

「我……」蒂絲驚覺過來，發現連一口飯都還沒有進嘴。

「可以告訴媽媽嗎？」母親是那樣關心。

「媽！沒有什麼委屈，只是令人很氣惱。」蒂絲眉頭緊蹙著說。

「什麼事令妳如此氣惱，媽媽能幫上忙嗎？。」

瞧見母親的無限關懷神色，一股孺慕之情不覺湧上蒂絲心頭，她身子輕輕地偎倚過去，眼眶紅了。

「媽！最近妳有沒有聽到一樁說馬莉莎的奶奶被位華僑醫生害死的事嗎？」

「傳得夠廣的，怎麼會沒聽到。」母親說：「這事情跟妳有什麼關係？」

「是我介紹馬莉莎的奶奶給那位華僑醫生醫治的。」蒂絲從未向母親提起這件事。

「哦！」母親楞了楞。「這樣說來，妳認識那位華僑醫生？」

「是的。」

「妳如何認識他？」母親問。

「他來飯鋪用過兩次飯。」

「那他是否害死馬莉莎的奶奶？」

「媽媽！林醫生沒有害死馬莉莎的奶奶，是謠言。」蒂絲坐直身體，慎重其事地說。

「誰造這謠言？」

「是爸爸跟其那些朋友。」蒂絲嘟囔著說。

「是妳爸爸！」母親愣住了。「他為什麼要造謠？」

蒂絲忽見母親在錯愕間魚尾被歲月輪轉留下的細紋又明顯多了幾條，她便不覺伸手過去，把紋條往後揉了揉，魚尾馬上顯得柔嫩了。母親一下子好像回到嫵媚的年代……

打從她心目中懂得什麼是媽媽開始，母親在她生命裏便是一棵大樹。幼年時，每天早上母親喚醒她上課去，她總要在床上跟母親擁抱一會兒才下床；晚上，也要在床上依偎母親懷裏絮絮喳喳說些話後，才平靜進入夢鄉。藉上床、下床時刻跟母親交會，在她走過的人生道路上，如今回憶起來，心胸還滿溫馨的。

而溫馨的事尚還多呢！

就記得有一次，她在學校裏看見有位同學有枝米老鼠的鉛筆，她喜歡極了。回家後，那天晚上她便向母親說了，母親便問她「妳也喜歡嗎？」她點點頭，母親便又說「好，我找找看去。」真地過不了兩三天，母親在她睡前，便拿出一枝跟其同學一模一樣的米老鼠鉛筆放在她面前晃了一晃，不知母親在哪裏買來的，她高興得不斷地在母親臉上吻來吻去。那枝米老鼠鉛筆她不想一下子就用來寫，珍惜地收藏在抽屜底層裏，一收藏便收藏到她中學二年級那年。一天，她在清掃抽屜，卻發現米老鼠跟筆身異處兩地。原來時間一久，損壞了。她除了感覺十分痛惜，也只有丟了。

再一次，也是小學時代，不過較高年級，已多少懂得愛美了。一日，她看見她要好的同學在頭髮上戴了個塑膠髮圈，由於精緻巧妙，她見了喜歡，便問是那裏買的，同學說，是岷尼拉買的。她一聽是岷尼拉，那麼遙遠，知是無望買得到，便想向同學借來戴一下，也好過過癮，同學不僅給借了，還大方說：「妳就拿去戴個兩三天，戴得痛快後再還給我。」那晚，在家中，她對著鏡子，拿著髮圈在頭髮上戴了又脫，脫了又戴，一不小心，卻把髮圈弄折了，令她一時不知所措。待母親來到她房間，她才哭喪著臉對母親說了。母親便安慰她道：

「別擔心，媽媽買個新的還她。」

「但妳要到那裏買去？」她憂慮地問。

「當然就這附近市場。」

「不，妳買不到的。」

「為什麼？」

「因為我同學的頭髮圈是到岷尼拉買去的。」

母親沉吟一下。「沒有關係，媽媽會託人到岷尼拉買去。」

母親很有本事，一星期後，她拿了兩個髮圈交給她。她一瞧，兩個髮圈比原來的那一個還要美觀。母親一個要她還同學，一個要送她戴。她快活得不得了地把母親緊緊抱住，不斷喃喃地叫著：

「媽媽妳真好！媽媽妳真好！」

可是，媽媽待她高興過後，卻一變溺愛臉色，鄭重其事地對她說：

「蒂！妳是我女兒，我要告訴妳一句話，凡是任何東西不是屬於妳的，除非非借到不可的田地；要不然，不要輕易向人家借。」

母親就是這樣子，當妳在外面做錯了什麼，或惹了什麼問題，她會先給予妳安慰，或幫妳解決問題，讓妳安心下來後，再慢慢告訴妳不對的地方。

母親的這種教誨方式，是那麼樣深植在她生活裏。

就在她肄業中學三年級那一年，她參加學校學生會舉辦的高年級生作文比賽。初審結果她雖沒有被淘汰，然也岌岌可危，不能進入三名之內。有位高她年級的男生便找上她，問她是否感覺緊張，她坦白告訴他，緊張是免不了的，男生便告訴她說，再過兩天，就要做最後審查，機會還有，因為初審是學校裏的高級生，最後審查是請了其他大學裏的大學生，那幾位大學生他幾乎都認識，他可以向他們遊說去，讓她獲得名次。她聽了，卻向他直搖頭說：

「我不想這樣做。」

「為什麼？」

「我不想欺騙自己。」

「這怎能說是欺騙自己，」男生理直氣壯說：「所謂『文沒一，武有二』，批文章是最不標準的，多少總是排除不開批審人的主觀。」

但她還是帶著幾分和氣誠懇說：「很對不起！無論你怎麼說，我都不想這樣子做。」

「我真不懂得妳！」男生只有不斷地搔耳抓腮。

「沒有關係。」

其實，這何嘗又不是來自母親的教導呢！

母親曾這樣對她說過：「凡什麼東西，該得的，儘管得來，因為是屬於你的；不該得的，用什麼手段得來，還是會再丟失，因為不是屬於你的。」

母親是來自虔誠的天主教徒家庭，自幼接受良好的教育，大學以會計結業；結婚後，卻為了相夫教子而投入全部精神與時間。數十年如一年，從未見她有倦怠之意。她已四十過半，但那纖細微彎的娥黛，還是不減當年的風韻。

……

這時，飯桌旁只剩下蒂絲及其母親，弟妹都已用完飯跑進臥室玩去，四周靜悄悄地幾乎一點聲音也沒有。這是座西班牙式古老樓房，佔地之廣，樓上客廳大、餐廳大、房間亦大，不僅裝飾任何傢俱皆不成問題，人置於其中也感舒服暢快；而石塊砌成的厚牆，屋內終日都是涼爽爽的。

蒂絲便開始將其如何跟林勁輝交往的經過，及後來如何介紹馬莉莎的奶奶仁娜給林勁輝醫治所意料不到掀起的排華之事；再將今天下午示威中碰見父親及目睹一切的情況。……一五一十地向母親說了。

其實，很早，母親對排華就很不以為然。

記得有一次晚上，她跟母親坐在客廳裏閒話，不知不覺話題卻扯到了當今排華風潮，她便問母親道：

「媽媽！排華真地對咱菲律賓有利嗎？」

「誰說的？」

「要不然，瞧瞧今天咱菲律賓大地都是一片排華聲浪。」

「這是咱菲律賓的悲哀。」母親輕歎一口氣。

「為什麼？」蒂絲睜大眼睛。

「妳可有想到為甚麼要排華嗎？」母親直盯著蒂絲問。

「因為……因為華僑控制著我們的經濟。」

「可妳有想到他們為何會控制著我們的經濟呢？」

「因為他們……無惡不作。」她把從外邊聽來的話回答母親。

「假使我說這是無的放矢呢？」

「媽媽妳的看法是……」

「想想看，菲律賓是咱們菲律賓人的，華僑在菲律賓只佔不到百分之二的人口，沒權又沒勢，卻能控制菲律賓經濟，就憑無惡不作這麼樣簡單便能做得到了嗎？須知，他們自有他們超凡的本領。」

她坐在紫檀木做成的長沙發裏，雙手交叉放在胸前，對目前這種排華局勢覺得一腦袋的困惑。

「是什麼本領？」

「他們的智慧。」母親眉端往上挑了一挑。「中國人及猶太人是世界上公認最會經商的兩民族，但這兩民族在歷史上同樣都是何其不幸遭遇到極可怕的命運，猶太人亡了國，中國人淪為次殖民地。兩民族為找尋更好的明天，不得不向外跑。猶太人往西方找生活去，中國人幾乎都南下東南亞來。兩民族皆在僑居地發揮他們的經商才能，際遇卻大不相同。……」

「如何不相同？」

「猶太人在西方經商致富，受到肯定；華人浮槎南渡，披荊斬棘，卻受到排斥。」

「哦！為什麼會這樣子？」

「大概跟文化有關吧！西方人在民主思潮薰陶下，養成豁達的人生觀；咱們呢？受民族主義衝擊，不知不覺中，自大、唯我獨尊便成為大部份菲律賓人的性格。」

「這……不是很不好的現象嗎？」她唇角無奈地往上一牽。

「是呀！」母親繼續說：「民族主義只認定自己，為必須凌駕於別民族之上，很容易便帶有攻擊性、侵略性；且無可避免必然是排外的、封閉的。」

「這樣一來，豈不是永遠看不到人家的長處了？」

「就只有不斷製造神話來標舉自己的優越性。想想看，這個民族最後將如何？」

母親的話真有些令人驚心憾魂，她不覺直愣愣地呆望著母親好一會兒，方口吃地問：

「媽媽，妳……這理論是那裏聽來的？」

「哎唷！我的傻女兒，」母親白了蒂絲一眼，然後藹然地說：「媽媽有眼睛可看、有頭腦可思，好壞也會看出一些東西來，想出一些事物來。」

的確，媽媽不是一個平平庸庸只會做菜的家庭主婦，她喜歡看書、思考，無論如何忙碌，身邊還是隨時隨地放著一本書、或一本雜誌。家中書房裏一堆堆的書本，一本本的雜誌都是她買來的、訂來的。她常常說：「看書能讓她心平氣和，樂在其中。」

「所以，」母親有著見地說：「以我之見，最好國人能摒除民族主義，抱持世界主義的開放態度，除了認識自己的國家，也學習去欣賞別人的生活及思想精華。就我剛才說的，華僑與猶太人是經商才子，將華僑吸收過來，使他們成為咱社會裏的一員，然後再讓他們發揮他們的經商智慧及才能，來幫助咱們發展國家經濟；另方面咱們也可向他們學習取經。」

「可是，這麼一來，豈不是向他們敞開大門了？」

「妳是說，他們會趁機剝削？」母親蹙一蹙眉，見解獨到再說：「我不認為華僑的財富是剝削咱國人而來的，在法治之前，他們是憑他們的智慧、勤勞得到的；而每一個人享受其擁有的財富，是人的基本權利。所以，傻女孩，不要人云亦云。」

最後，母親以當今美國情況為例對她解釋說：

「……美國當前能成為超級強國，當然是由許多因素所促成的；但其中一個因素是不可忽視，那就是他們的宏觀視野，他們儘量將各國人才吸收於一爐，不僅沒有看見吸收的人才做出什麼有損美國之舉，幾乎大家都是那樣忠心地貢獻其才識。」

……

母親聽罷蒂絲的講述，慨嘆說：「從整個事件看起來，我也肯定是彬蘭磊在作鬼；至於妳爸爸……」母親頓一頓。「認真說起來，妳爸爸一生是個悲劇人物，他熱中政治，卻打不進政治圈子；

他愛國，卻不知該如何去愛。蒂絲，妳的作法沒有錯，媽媽自會支持妳，妳放心。……」

母親話聲剛落，樓梯便響起父親上樓的腳步聲來。真是說到曹操曹操就到。

黎加洛二話不說來到蒂絲面前，一臉厲色地劈頭就叱斥著問：

「誰教妳今午到那裏去鬧場？」

「我……那裏去鬧場。」蒂絲憋不住委屈地說：「馬莉莎是想把話說清楚，好化解誤會。」

「結果呢？誰要聽妳們的解釋。」

看著父親凶神惡煞的神情，蒂絲也真有些膽怯；幸得這時母親出面了，攔住父親問：「喂！喂！你這樣兇巴巴地是幹什麼？」

「妳可知道她今午險給我難堪嗎？」黎加洛指著女兒氣憤地說。

「你此話差矣！」母親扳起臉孔說：「馬莉莎是想把話說清楚，怎麼樣說會險給你難堪？」黎加洛不屑地「哼」了一聲。「有什麼好說清楚的，她根本就是想為那華僑小子開脫。」

「你為什麼這樣想法？」母親懊惱問。

「仁娜被那華僑害死，全城的人誰不知？」黎加洛驟地義憤填膺說：「所以，我們雖然跟仁娜一家人不是很熟悉，然憑她的崇高地位，為她討回公道，也是應該的。」

「你口口聲聲咬定仁娜是被那華僑醫生所害，那麼！我問你，這消息一開始是誰告訴你的，是不是彬蘭磊？」

「是彬蘭磊告訴我又怎麼樣？」父親帶著挑釁口吻反問著。

母親把情緒整理一下，放低聲音。「問題是：彬蘭磊的話有幾分真實性？」

「不要污辱人家。」

「我沒污辱人家。我只是想提醒你，能以理智處事。」

「我理智清醒得很。」黎加洛堅硬地回答。

「那很好！大丈夫之所以是大丈夫，就是能以理智處事。」母親聲音依然保持平靜。

「我才不要跟妳理論。」黎加洛哼的一聲，頭也不回，轉身進入臥室裏去。

蒂絲吃了半碗飯，再也吃不下，便對母親說：「媽媽，我想出去散散心。」

「也好，」母親點點頭說：「想到哪裏去？」

「隨便走走。」

「最好能去看一下林醫生。我聽罷妳對他講述後，雖未見其人，心中對他的印象已非常深刻；尤其是他那自告奮勇的義診精神，我覺得他真是一位難得的青年人。」母親略嚥一口唾沫，體恤地說：「他現在孤零零自己一個人在這裏，再遭遇這種無謂的打擊，真夠可憐。」

蒂絲心裏不覺嘀咕著：媽媽說得沒錯，林醫生孤零零一個人，不知這時怎麼樣了？

「好！我就瞧他去。」蒂絲放下飯碗，轉身進房換件胸前畫有著四、五朵黃花綠底的套頭長袖、牛仔褲，便出門去了。

來到醫院門口，示威隊伍早已散去。她不多猶豫，就轉進宿舍，上樓去。

林勁輝用畢晚飯坐在書桌前看書，心境是那麼平靜。他今天全天候都在醫院裏為病人看診，直至黃昏看完最後一位病人才回宿舍，對院外的示威似乎不動於衷。事實上，初時，他乍聽到那詆毀他的謠言，著實苦惱了一陣子，想不明白，為什麼連這種治病救人的領域，也會出現排華現象，很有些令人不可思議。

所幸，醫方實事求是的精神。院長在過目林勁輝為仁娜入院期間接受他治療的一份記錄後，和氣地對他說：「有了這份記錄，任何謠言僅到醫院門口，便不攻自破。你就儘可放心在這裏行醫。」

院長是位有著高度修養、嚴以自律的學者風範。他的保證，在依瑪市這方圓百里內，比什麼都來得有效應；再加上醫院間同事的關心安撫，林勁輝心境才寬鬆了下來，不再去理會外界的謠言。是院長、是同事，林勁輝從這事件中，看到菲律賓知識分子的高超胸襟及視野。

……

有輕敲門聲傳進他耳朵，他站起身，開門去。

「打擾了！」蒂絲含笑站在門外。

「哪裏。裏面坐。」

「做什麼？」蒂絲跨進門。

「看書。」他答。

「看什麼書？」

「醫學。」

她走到書桌邊，瞥一下書名。

「有什麼事？」他問了。

「想請你吃冰淇淋。」她很靈巧，儘量保持輕鬆氣氛。

「冰淇淋？」

「是呀！因為氣候逐漸轉冷了，吃冰淇淋才有意思。」

「是這樣子！」

「況且還需要在夜晚。」蒂絲再緊接說。

「在夜晚，為什麼？」

「因為這家餐廳是開設在海邊一小山頂上，則一方面可以遠眺俯瞰全市夜景，另一方面聽著山下拍岸的海濤聲，是多麼富有詩意。」

「被妳說得如此美好，我幾乎是想像得不能再想像，非到那裏嚐嚐冰淇淋不可了。」林勁輝騷動起來說。

「立刻走。」

林勁輝把書收下，換上件淺綠色有領襯衫，便跟蒂絲有說有笑地走出宿舍……

小客車開出依瑪市，不是很遠，十五、六分鐘左右的車程，在一座臨海的小山繞了幾圈，就見山頭上有一平坦的廣場。車子進了廣場邊的車站，停了下來。

林勁輝在蒂絲帶路下跨下車來，往前一望，但見一處有著花園式的餐廳矗立於中，入口處掛著一塊偌大的木牌，上面字跡頗有藝術寫著：「山頂餐廳」。

「這雖是間餐廳，但冰淇淋是出了名的好吃。」蒂絲站在入口處向林勁輝介紹說。

「妳常來吃？」林勁輝問。

「沒有。」

「為甚麼？」

「怕胖。」蒂絲不好意思用手掩住嘴口笑著說。

林勁輝不禁也咧嘴一笑。

兩人跨過一條長長的鵝卵石行人道，左右兩旁廣闊的草地，一株株間隔有序、高聳入雲的椰子樹，五光十色的電燈泡正由這棵樹梢接過那棵樹梢，把廣場點綴得如虛如幻。踏上兩級階梯，來到餐廳大門口，一位侍者便迎面而來，問：

「幾位？」

「兩位。」蒂絲回答。

「裏面請。」

「要臨崖的位子。」

崖邊有著齊頭的粗大欄杆圍住，欄杆臺點綴著一盆盆的花卉，既美觀又安全。侍者在一邊把一把椅子拉出來讓蒂絲坐下，林勁輝就在另一邊坐下來。

是晚，明月如畫，繁星閃爍。蒂絲要了一盤香蕉冰淇淋，林勁輝是草莓冰淇淋。他一面用冰淇淋，一面放眼透過欄杆的空格高居臨下遠眺夜景；但見山腳下朝北邊綿延下去的海灘，遠處寥寥落落的漁火晃來晃去、忽明忽滅，與南邊較內陸處一簇簇密集的燈火，形成兩種截然不同的夜景。

「那海是屬那個？」林勁輝問。

「南中國海。」

「南邊那密集的燈火處？」

「就是依瑪市。」蒂絲說：「今晚，夜色好，我們選坐的位置也很好，使依瑪市可以全收眼底。」

「那醫院在那裏？」

蒂絲指著一處燈火最光亮的地方說：「那處燈火最亮的所在就是醫院。」

林勁輝順著蒂絲所指望過去，凝神一視，終朦朧看到醫院輪廓。這時，他忽然沉靜下來，視線又從南邊慢慢移向北邊。在那月光映照下，海面彷彿蒙上一層輕輕的薄霧，時還反射出的粼粼光亮，令他幻夢般進入一種虛無縹緲的境地。

「想不到，這裏夜景是如此的美。」他不覺喃喃地說。

「尤今夜月亮又這麼樣圓。」蒂絲接口說。

「哦！能在這裏欣賞大自然真是人生一大享受。」

「你喜歡這裏的話，以後可以常常來。」

兩人才說上沒幾句，山邊突然起了一陣猛風，把周邊樹木吹得婆娑起舞，『颼颼』響個不停；緊接著，月光也黯淡下來，兩人不約而同都停止講話，抬頭仰望夜空。但待風一過，月色卻顯得更加明亮。

「其實，菲律賓群島四面環海，有山有水，」林勁輝掉回頭來，托一托眼鏡說：「不僅天氣好，到處風景亦聞名於世，本來就是個美麗的島國。」

「這是上帝對菲律賓人特別眷顧。」

「是菲律賓人的福氣。」

「但很不幸，菲律賓人卻不懂得愛惜這幸福。」

「這話如何解釋？」林勁輝楞一楞。

「上帝疼愛菲律賓人，菲律賓人卻不懂得去疼愛他的鄰居。……」

「嗄！」林勁輝又一楞。「菲律賓人不是很好客嗎？」

「你有這看法？」蒂絲反問。

「是的！」林勁輝點一點頭。

「是不錯。」蒂絲同意也點一點頭。「但……」卻欲言又止。

林勁輝不覺端量了蒂絲一眼。

「你今天下午在那裏？」蒂絲輕聲問。

「今天？在醫院行醫。」對蒂絲忽地偏離話題的問話，林勁輝很有些摸不著頭緒。

「你沒有受到外邊示威的影響？」

林勁輝莞爾一笑。「示威雖是衝著我來，但示威者都很克制地，只在醫院外示威，所以沒有影響到醫院內的任何運作。」

「那很好。」蒂絲寬慰點一點頭。「但你可曉得嗎？……」本來，她是要告訴他說，示威背後她父親也有份，她要向他抱歉；然話到嘴口卻說不下去。

「曉得什麼？」林勁輝不覺問。

「沒有什麼。」蒂絲緊急轉換話題。「我……我只是想問你一個問題。」

「什麼問題？儘管問。」

「你怨菲律賓人嗎？」

「為甚麼要怨菲律賓人？」林勁輝張大眼睛。

「譬如今天對你誣衊的示威者？」想著父親的做為，蒂絲心頭一面是氣憤，一面是慚愧，真不知要如何向林勁輝交代才是。

「哈！」林勁輝不禁噗哧一笑。「然不是也有許多菲律賓人愛護我嗎？如醫院裏的院長、同事，及還有妳。……」用一匙冰淇淋，再說：「事實上，有時，反過來一想，若說今日菲律賓人民族意識較偏激，也是正常現象。因為一個受過苦難的民族，對創傷總免不了會耿耿於懷；而一旦遇有什麼不利他們的一切事，都會敏感地產生防備性。」這是自謠言傳開後，他正負面都想了好多好多，從另一個角度所獲得的結論。

「你很好，處處為人設想。」蒂絲感激地說。忽然，她膽大起來。「那麼！要是我說，我父親也參與今天示威的策劃者之一呢？」

「別忘了，他也是從這個飽受苦難的民族裏走出來的。」林勁輝雖對這個消息有點錯愕，但為不想讓蒂絲尷尬，他不僅不想過問，還馬上委婉把事情輕輕帶過去；況且，他也想到，上下一代思惟殊異，亦不能教下一代為上一代背十字架。

「謝謝你！」

「其實，」為妥當起見，林勁輝便將話題稍微一轉。「中國近百年來也遭遇過同樣苦難。只是……在同樣苦難的驅使下，卻發展出不同的情形來。」

輪到蒂絲不明白了。「如何不同？」

「菲律賓人從苦難中解脫出來，團結了；中國從苦難裏脫身而出後，卻迷信起什麼共產主義來，而鬩牆了。」林勁輝苦笑說。

「據新聞報導，目前中國大地正發生大饑荒。」蒂絲說。話題接連到另一個相關話題去。

「都是政治運動所引發的。」

「聽說已死了幾百萬人。」

「消息都這樣說。」

「太可怕了。」蒂絲露出驚惶的神情。「幸得菲律賓不走共產主義路線。」

「菲律賓不會走共產主義路線。」林勁輝帶著肯定的口吻說。

「為什麼？」

「就問妳，妳相信階級鬥爭嗎？」

「這是對自己人生沒有信心的一種思維。」

「妳這概念從那裏來？」

「是生活體驗告訴我的。」

「可以講講嗎？」

蒂絲沉吟一下。「我……我是位天主教徒，我相信上帝賦與人類的機會是平等的。一個人無論生在什麼環境中，只要後天肯努力、奮鬥，終也有成功致富的一天；相反地，既使你家世如何富有，卻要好吃懶做，也會坐吃山空。」

「妳這看法，反應在生活上，妳對人生抱持的是什麼態度？」林勁輝再問。

「坦然以對；換句話說，人生是樂觀的。」

「妳可知道，妳這種人生態度跟共產主義強調仇恨、否決努力正成強烈對比。」

「可是我這種人生態度，只是我個人而已。」

「不，」林勁輝語調確定說：「幾乎大部份菲律賓人民都是這種態度。」

「你經過調查？」

「接觸。」林勁輝微笑說：「別忘了，我雖是位華僑，卻道地生長在菲律賓，我有好多菲律賓朋友，亦接觸過好多菲律賓人。」

「你比菲律賓人更瞭解菲律賓人民。」蒂絲稱讚地說。

「只是平時興趣注意。」

「難怪我媽媽說，排華是不濟事，唯有把華僑吸收過來，對國家才有益。」蒂絲想起她跟母親討論過的話。

「這是妳媽媽的看法？」林勁輝盯了一眼蒂絲。

「是。」蒂絲猶豫一下。「不對嗎？」

林勁輝搖搖頭，說：「妳媽媽應該是位很開明的人。」

「你很會猜。」蒂絲輕輕拍拍手說。

「我還猜得到，妳媽媽一定也很喜歡看書？」

「又猜對了！」

「希望有機會能認識到妳媽媽。」

「你放心，我會介紹讓你們認識的。」蒂絲說：「你知道嗎？我媽媽對你印象挺深刻的。」林勁輝怔了一怔，便問她，是否什麼事都向她媽媽說了？

蒂絲點點頭，便將今晚飯桌上向母親說的話轉述了。最後說：「她不僅知道我今晚來找你，還從旁鼓勵我來；她也曉得咱們每星期天都到山區為孩童義診去。」

「她對義診有什麼意見？」林勁輝馬上敏感地問。

「她極讚賞的。」蒂絲答。

「謝謝妳媽媽的鼓勵。」林勁輝滿心欣慰極了。

但忽地聽到蒂絲放輕聲音問著：「這星期是否還義診去？」

「當然，為什麼問這問題？」林勁輝有些惘然。

「因擔心你今午或受打擊而想打消義診念頭。」

林勁輝一哂，懇摯道：「妳放心，我真地沒有受到絲毫打擊，義診不僅要繼續下去，我還要告訴妳一個好消息。」

「什麼好消息？」

「我不知道醫院院長從那裏得來的訊息，前兩天找我去，問我是否每星期天都到山區為孩童義診去？我自然據實向他說了。他便激動對我說，我的舉止令他很感動，覺得做醫生的的確需要有這種精神。只是他認為無論財力人力，一個人的能力是有限的，最好能由醫院來成立一組醫療隊，擴大義診範圍，由我主持。」

「真是好得很。」蒂絲快活地叫起來。「我願陪你全力以赴。」說著，便舉起侍者送來的白開水，當酒跟林勁輝的杯子碰了一下，再道：「來，祝事情順利。」

兩人用完冰淇淋，但見月亮離海面上更高了，食客也有好多位離席他去，空氣中開始飄起些微的寒意來。

「很快地，再過個把月就是十二月。」蒂絲有所感觸說：「十二月一到，聖誕節也就來臨了。」

「但願聖誕節前醫療隊能夠組成。」

「聖誕節是耶穌臨世來救世人，能在聖誕節組成醫療隊出診，實更具意義。」蒂絲說：「所以，我相信，上帝一定會幫助你，使你在聖誕節前組成醫療隊。」

也許，熱帶的寒冷就是那麼樣微微寒的，襲在人們身上，是軟綿綿地舒暢無比。林勁輝跟蒂絲都同時在不知不覺中伸長雙腿，慵懶地把身子斜靠在椅背裏。

「其實，我也是盼望今年能在這裏過個聖誕節。」林勁輝說。

「為什麼？」

「嚐嚐另一番風味。因為曾聽朋友說，菲國小城的聖誕節更多彩多姿。」

「長輩都這麼樣說。」蒂絲接受說。

林勁輝遠眺地深深吸一口新鮮的空氣。「就瞧瞧今晚這裏的景色是多麼的美好，已夠人流連忘返了。」

蒂絲嘴裏便哼起曲子來。

「妳在哼什麼曲子？」林勁輝斜著頭，但覺曲子有些熟諳的。

「一首道盡島國夜晚浪漫迷人的美妙民曲。」蒂絲說：「有令人陶醉的夜色，自需美妙的夜曲來襯托。」

「歌名是……」

「椰島晚曲。」

「可以唱一唱？」

「可以，然而唱不好不可以笑我。」

「保證絕不笑妳。」林勁輝舉起手說。

蒂絲輕聲唱了——

椰林模糊月朦朧，
漁火零落映海中，
船家女輕唱著船歌，
隨著晚風處處送。

椰島夜，恍似夢，
紅男綠女互訴情衷，

心相印，意相同，
對對愛侶情話正濃。

椰林模糊月朦朧，
漁火零落映海中，
船家女輕唱著船歌，
隨著晚風處處送，
隨著晚風處處送，隨著晚風處處送……

蒂絲一唱完，林勁輝便道：

「假使我沒記錯的話，這首民曲的歌名原應是『岷江夜曲』。」

「不錯，是我中學時代，音樂老師教我們唱的。」蒂絲回憶說：「因為這首民曲不僅是首愛情歌曲，有著青春活力，唱起來還爽朗輕鬆，充滿島國情調，老師便覺得要是將這首曲改成全國性，不限於對岷尼拉夜景的描寫，豈不是更好嗎？於是，他便將歌名歌詞稍為改了一改。」

「而這首民曲原著者妳知是誰嗎？」

「老師有說過，」蒂絲追思著。「他好像不是位純菲律賓人。」

「是位華僑。」

「哦！華僑？」蒂絲慚愧說：「我怎麼樣絲毫記憶都沒有。」

「是的。他是我中學時代的音樂老師，姓高。」

「這樣了不起，以一位華僑創作出具有如此獨特個性的菲國民族風格民曲，他應該跟菲律賓很有感情吧！」蒂絲景仰地說。

「他自幼從中國鄉下來，就跟菲律賓結下了不解之緣。」林勁輝幽幽說：「不過，不久前，他去逝了！一生可真坎坷。」

「為什麼古今中外，」蒂絲問：「是藝術家、是音樂家，幾乎生活愈越坎坷，愈越能創造出偉大的作品來？」

「或者，坎坷令他們更能立定意志、更能忍受寂寞。」

「可以這樣子說。」蒂絲同意地點一點頭。「不過，無論怎麼說，他們那種執著的精神，總是令人佩服的。……」

又是一陣微寒的冷風從空中飄下來。

蒂絲不知不覺再輕聲唱起「椰島晚曲」來，林勁輝馬上跟隨著唱——

椰林模糊月朦朧，
漁火零落映海中，
船家女輕唱著船歌，
隨著晚風處處送。

椰島夜，恍似夢，
紅男綠女互訴情衷，
心相印，意相同，
對對愛侶情話正濃。

……

……

遠處，一波又一波拍擊海灘的浪濤聲，不疾不徐如催眠曲似的，將夜帶進一份平和又安謐的氣氛裏。

十一

上帝沒有忘記祂差遣祂的兒子來人世間是為了什麼。醫療隊終於在林勁輝主持下於聖誕節前組成了，成員共有八人，除他跟蒂絲兩人外，還有馬莉莎；再在醫院訪求了兩位同事，一為心臟專家，四十開外，平頭，圓圓的臉兒，眼睛細細的，皮膚又不怎麼樣灰褐，他說他曾祖父是中國人，所以他身上流有中國人的血，只是到了他這一代已完全菲律賓化，連句中國話都不懂得說，他個頭不高，長得胖胖的。另一位是腸胃專家，三十五、六歲，天庭開闊，眼睛明亮，跟林勁輝很談得來。他曾對林勁輝說，他是他生命裏第一位認識的中國朋友，因為他是在依瑪市長大，依瑪市很少見到中國人，偶有中國人出現的話，也只是來做生意，一做完便離開，因而從沒有機會認識中國朋友；而先前他對中國人的印象，也如許許多多菲律賓人一樣，都只能從道聽塗說而來，因也咬定華僑是頑固不化的：既居住在人家的地方，不但不接受人家的文化，又不想學習人家的語言，真是可惡極了！然自認識林勁輝後，不僅大吃一驚他會說一口流利的菲語，生活還幾乎與菲人無別；且跟他在一起，看到他那談吐隨和的風度，更使他的思想起了一百八十度的轉變。

除這兩位醫生，林勁輝又在醫院物色兩位護士。兩位護士都在二十五、六歲之間，年輕貌美，其中一位左眉角還有顆青痣，令一張小臉蛋兒顯得更加嫵媚；另一位身材比較頎長。再一位是一工役，他自動找林勁輝說：「我可以參加你們的醫療隊嗎？我雖對醫療一無所知，但我有力氣，我可以當司機，做搬運工作。」五人都是受到林勁輝的助人精神所感召，願意跟林勁輝到處為人義診。

依舊是每星期天才出診，只是時間上提早了，通常早上六、七點鐘他們就聚首一起出發，加上醫院供給交通工具使用。整日下來，幾乎可趕上三、四個小村。

他們每到一個村子，無論是男是女，是老是少，都來者不拒，有病者醫病，無病者檢查身體。他們是那麼認真、熱心地守著各人的崗位。三位醫生為村民看病，二位護士在旁協助，蒂絲與馬莉莎則維持秩序，及送藥給予病患者，工役又當司機又當差。村民無不對他們的服務精神感激不已。

一轉眼，聖誕節終於來臨了。

「再睡兩個晚上就是聖誕節了。」是個星期天，他們義診完畢，回程時天色已黑。一路上，看見路旁家家戶戶窗口門前張燈掛彩的，五光十色聖誕火閃閃爍爍。腸胃專家醫生便不覺記起聖誕節就在後天說。

「是呀！今天是十二月二十三日了。」心臟專家醫生猶似忽然記起什麼，拍拍額頭說：「我今天開了好多藥單給病人，只無意識寫上十二月二十三日又十二月二十三日，絲毫也沒聯想到再過兩天就是聖誕節了。」

「因為你太忙了。」左眉角有顆青痣的護士說。

「今天求診者的確夠多，令大家都忙不過來。」林勁輝帶著歉意地對大家說。

「其實，林醫生！你自己也夠忙的。」身材頎長的護士說：「我看你中午在用飯時，還一面用飯，一面為病人看病。」

「但是，無論如何說，大家這個忙也忙得夠有意義的。」馬莉莎說：「我跟蒂絲在外面維持秩序時，就聽到兩位婦人在談話。這婦人對那婦人說，今天這醫療隊為我小兒診病，比聖誕老人送禮物還來得有意義。」

「真的嗎？這真是我們的光榮。」心臟醫生雀躍地說。

「也是林醫生的功績。」青痣的護士說。

「應該說，是大家的功績。」林勁輝謙虛說。

但腸胃醫生卻說：「林醫生，不必謙了！你這樣在聖誕期間帶給人家溫暖，那你有自己計劃過個快樂的聖誕節嗎？」

「有的。」林勁輝回答說：「我有對蒂絲說了，這是我生命裏第一次出遠門來到一個小城，所以很想在小城過個多彩多姿的聖誕節。」

「那麼，我邀你到我家的農場去過聖誕節好嗎？」腸胃醫生世家在當地是個大地主。

「可是……」林勁輝猶豫地瞟了蒂絲一眼。

「是這樣的，」蒂絲於是說：「因為這幾個星期天我們都到別處義診，所以咱倆說好的，想趁聖誕節假日到嘉梅凌山區去看看那些孩童。」

「這樣一來，豈不是要在山區過聖誕節了？」青痣的護士說。

「就是打算要在山區過聖誕節。」蒂絲含笑地瞅了林勁輝一眼。

「為甚麼做這麼樣選擇？」

「林醫生說，日間以義診來慶祝聖誕節，晚上再在依瑪市過聖誕夜。」

蒂絲這話一出，大家驟然領悟到了什麼，都向林勁輝看過去。

「好有意義的安排！」腸胃醫生先叫起來。

「是呀！上帝在十二月二十五日差遣祂的兒子來救世人，乃是因為上帝愛世人；所以我們也該將我們的愛心播送給我們的鄰居。」馬莉莎說。

身材頎長的護士也幽幽地說：「聖誕節雖是個團圓、快樂的日子；但若能在聖誕節將愛送給鄰居去，豈不是更符合聖誕節的宗旨。」

「林醫生！你這安排真是再好不過。」青痣的護士讚佩說：「聖誕節我不需上班，可以參加嗎？」

不待林勁輝回答，大家便一窩蜂都要參加。

「聖誕節我也不必上班，我要參加！」身材頎長的護士說。

「我也要參加！」工役一面駕車，一面舉起手說。

「我同樣也要參加！」心臟醫生不落人後說。

「我寧可不去農場過聖誕節，也非參加山區的義診不可。」腸胃醫生堅定地也說。

「看大家這樣熱心，令我非常感動。」林勁輝笑著說：「好，就這麼樣說定。」

車裏馬上起了一陣歡呼雷動。

蒂絲緊接著說：「是夜，義診完畢，大家就到我家小食店去用聖誕飯。」

又是一陣歡呼雷動。

「好一個別開生面的慶祝活動。」馬莉莎有感地說。「太令人興奮了。」

山區居民一見到醫療隊在聖誕節到來，無不感覺驚奇及振奮，遂彼此相告出門歡迎。一位曾接受過林勁輝肺結核治療的婦人便匆匆忙忙跑過來，拉住林勁輝的手臂，說：「我望眼欲穿等了好多星期，看見你們沒有來，以為你們把我們忘了，從此不再來了，我覺得無限沮喪！」「不會不來的，只是現在我們義診範圍稍為廣大，須到別村走走去；所以就是以後也不能每星期都來。但妳放心，我永遠會記住你們的。」林勁輝抱歉地說。「我就知道你不會拋下我們的，你是好人中的大好人。」站在婦人旁邊的另位婦人聽了林勁輝的話後喜悅地說。再有一位七十五、六高齡的老婦人，來到林勁輝面前，哽咽道：「林醫生！你們今天的到來，我直覺上好似是上帝賜我們的禮物。」而更多婦女是那樣激動對蒂絲等人說：「太令人感動了，聖誕節有你們跟我們在一起，是多麼快活！」阿童的母親帶著阿童也跑過來，高興地說：「林醫生！你來了，阿童好想念你，他說，希望聖誕節能見到你，上帝真地沒有讓他失望。」阿童癆病已痊癒，他仰起頭親切地對林勁輝說：「林叔叔，聖誕快樂！你今天要跟我們在一起過聖誕節嗎？」「是的！」林勁輝懇切地答應說。

於是，整個下午，他們義診完畢，便留下來跟山民在一起過聖誕節。四位女性帶領孩童玩耍、唱聖誕歌、分發聖誕禮物；林勁輝等男性就跟村民、村婦講個沒完沒了。大家有說有笑，含樂融融。直至將近黃昏，不得不告辭了，才彼此依依不捨地揮手道別；但見山民一面又感激又無奈地向他們揮著手，一面是一聲又一聲地叮嚀著「你們要再來」又「你們要再來」、「聖誕快樂」又「聖誕快樂」；他們也只有一面離開，一面不斷回應著「我們一定會再來，一定會再來」、「也祝你們聖誕快樂，聖誕快樂」。

……

大家心情從來沒有如此輕鬆過，在蒂絲小食店團團圍坐在一起用著豐富的聖誕晚餐時，各人都有感過了一個多姿多采又充實的聖誕節。

「這真是我打從懂得聖誕節以還，第一次過著如此充沛且愉快的聖誕節。」馬莉莎心頭充滿快活地說。

「我也有如此感覺，這聖誕節將會使我終生難忘。」青痣的護士說。

「確實地，直到今天，我才體會到，」身材頎長的護士也說：「原來幫助別人會獲得這麼大的快樂。」

「並且，還會覺得這快樂跟得獎的快樂不同，這快樂會使你想更加去幫助別人。」蒂絲有經驗地說。

「進一步，你還會從幫助別人中看到你的價值。」心臟醫生說。

「說得是，」馬莉莎瞥了心臟醫生一眼，會心一笑再說：「從我們到達山區，看到他們打從心裏發出的驚喜不已，及至我們將離開時的依依不捨表情，不僅令我感動極了，也讓我看到我們在他們心目中地位的重要。」

「這就是叫做愛的魅力。」工役說。

「所以歸結說，在愛裏，你關心別人，別人也會關心你；且還會獲得人家對你的尊重。林醫生，你說對不對？」腸胃醫生想將他的結論徵求林勁輝的意見，卻發現林勁輝先後沒說半句話。便道：「林醫生！你怎麼樣不說話？」

「我想說的話都被你們說去了。」林勁輝詼諧地答。

「我看，林醫生是餓了。」馬莉莎似在提醒大家說。

「哎唷！咱們是怎麼了？」蒂絲叫起來，道：「只顧浸淫在歡樂裏，而忘了用飯，菜都冷了。快用飯，快用飯吧！」

大家一時都靜下來，埋頭用食。

「今晚是聖誕夜，祝大家聖誕快樂！所以大家必須要用個飽。」這時，蒂絲的母親從廚房走出來。

「伯母！祝您也聖誕快樂！來一起用飯罷！」大家舉頭有禮招呼。

「謝謝！謝謝！不客氣！不客氣！」

「媽媽！」蒂絲看到母親來到其背後，便對母親說：「我為妳介紹一下。這位是心臟醫生、腸胃醫生……」

當介紹到林勁輝時，蒂絲母親不覺多看了林勁輝一眼，喃喃地說：「好一位一表人材。」

本來，大家也想要向蒂絲的父親祝賀聖誕快樂。但蒂絲說她父親跟朋友吃聖誕飯去，要晚些才會回來。

用完聖誕飯，大家又一起走上街頭兜溜。街上，人潮如織，熱鬧非凡，人人皆著新衣新鞋，趕著互相賀夜。密密麻麻的聖誕火幾乎將全城照亮了；而一團又一團的報佳音隊伍，到處地唱著聖誕歌。「平安夜，聖誕夜」，在夜空裏悠揚迴盪著，久久不散。

到了午夜十二時，林勁輝也跟著大家到教堂作彌撒。迄將近凌晨二時才回宿舍。

「平安夜，聖誕夜」。小城的聖誕節真地跟大都市不同，樸實、自然、充滿人情味……

十二

聖誕一過，歲尾即至；爆竹聲中，新年伊始。一轉眼，又見三月了。

林勁輝中午醫畢病人後，就到盥洗室沖個臉，天氣已逐漸趨熱了。沖完臉，彷彿脫掉一層什麼似的，但覺舒暢無比，他不禁把頸項扭了幾下，好鬆懈筋絡，然後轉進餐廳裏去。

才用了兩口飯，卻見心臟醫生與腸胃醫生一先一後匆匆走進來，逕直來到他身邊。心臟醫生便將他手裏的一份當地依瑪市出版的報紙在他面前一放，問：

「你看過今天的報紙了嗎？」

「還沒有。」林勁輝不好意思說。

「沒有關係，」心臟醫生說：「我看你今天上午病客也有好幾位，自是夠忙的。其實，也沒什麼，只是要讓你瞧一瞧一則新聞。」

「什麼新聞？」林勁輝停止將一口飯送進嘴裏。

「你瞧瞧這位記者所寫的這篇報告。」心臟醫生指指報紙上一篇用粗線條圈住的文章說。

林勁輝瞥了一眼心臟醫生所指的文章，但見文章標題是「醫療隊對依瑪市的貢獻」，而洋洋一篇文章少說也有兩千多字。

他本來想問一問裏間寫了些什麼？腸胃醫生卻搶先說：

「這位記者對咱們醫療隊不但大加稱讚，還給予肯定。」

「這樣子！」林勁輝喜出望外。

「你看！我們醫療隊的成果是傳開了，」腸胃醫生說：「這位記者就是對醫療隊有所聞，為證實不是誇張的，他不訪問醫院，不訪問院長，直接跑去訪問村民，因為村民不會說假話。」

「你那裏得知記者這動機？」林勁輝迷惑問。

「是記者自己在報告裏說的。」

「尤其，報告裏還引用村民的話，對你做了一番特別的介紹！」心臟醫生接口說。

「哦！村民還對我這麼樣好。」林勁輝受寵若驚說。

「所以我們大家要給你慶功一下。」腸胃醫生說。

林勁輝搖一搖頭。「其實，醫療隊有什麼成果，都是每一位成員的功勞。所以，要慶功，大家就一起為醫療隊慶功才對。」

「你既然這麼樣說，就聽你的。」心臟醫生說。

林勁輝頓一頓。「你們喜歡吃燻雞嗎？」

「那一家的燻雞？」腸胃醫生問。

「那家開在小山頂的『山頂餐廳』。」

「你去過那裏？」腸胃醫生又問。

「去年有一次，蒂絲帶我到那裏用冰淇淋，我卻看見到他們弄的燻雞好似挺美味可口的。」林勁輝像個饞嘴的小孩說。

「你的觀察不錯，那家餐廳不僅冰淇淋好吃，燻雞也的確是有口皆碑。」

「這樣吧！」林勁輝說：「我作東，今晚請你們大家到山上用燻雞兼冰淇淋去，好嗎？」

「真地？」腸胃醫生拍手叫好。

「一言為定。」

「好，」心臟醫生也嘻樂樂地說：「用畢中飯，我就去連絡人。」

夏夜，晚風習習，山上似乎是另一景色，從崖邊憑眺出去，在月光下，是遠山、近海、星空，都幽雅怡人，明晰如畫；而唧唧啾啾的蟲鳴聲、浪濤聲、風聲、樹葉聲配合而成的天籟，更奏出了人世間美妙的曲子。

「這份報每天銷售多少份呢？」大家都叫了一客燻雞。馬莉莎一邊用，一邊指著心臟醫生帶來的報紙問。她坐在心臟醫生對面，蒂絲旁邊。

「我不大清楚，」心臟醫生說：「不過，這份報銷行倒也頗廣的，北至碧瑤、佬渥，南至丹轆，都有銷售站。」

「這樣說起來，這份報也該算是大報？」

「在呂宋北方，這份報不僅歷史悠久；且根據統計，十戶有九戶都訂看這份報。」

「這樣棒。」馬莉莎雀躍地說。

心臟醫生皺一皺眉。「馬莉莎小姐！妳問這些做什麼？」

「很對不起，我平日看報紙只看電影版，從未曾去注意報紙的情況及對人們日常生活的影響力。」馬莉莎有些難為情地說：「等看了這篇報告後，才明白報紙的重要性在那裏。不是嗎？這篇報告一出來，要是依瑪市的人個個都看到了，便知曉林醫生是真真正正來依瑪市行醫救人，不是來依瑪市冒名詐財，看什麼誹謗不攻自破才怪。」馬莉莎對彬蘭磊的誹謗事還始終耿耿於懷。

「其實，」身材頎長的護士說：「這兩三個月來，謠言已沒有先前的多了。」

「我也有這感覺。」青痣的護士也附和說。

「況且，醫院門口也沒有看到有人再在示威、喊口號。」身材頎長的護士再說。

「我就說，」蒂絲接口說：「上帝給人長腦袋、生眼睛，就是要人去想、去看；所以任何是非曲直，人們會一時不察，不會長久被蒙蔽。」直到今天，她一想起這件事，還對父親懊惱不已。

「謝謝你們對我的關懷。」林勁輝感激地說。

「是應該的。」心臟醫生有感地說：「這一年來，你一個人住在這裏，已夠孤零，還受無謂的誹謗打擊，不但心中沒有任何怨恨，還到處幫助人，你實在太好了；所以，上帝一定會祝福你！」

「是的，上帝一定會祝福你平安！」大家紛紛舉起杯子，以水代酒祝福林勁輝。

在大家祝福下，林勁輝也回杯感動地說：

「有你們的友誼及祝福，我不僅一點不感覺孤單寂寞，相信以後也不會再有事了。」

用畢燻雞，再品嚐甜點冰淇淋後，大家才席終而散。

林勁輝帶著一股難以名狀的欣慰回到宿舍，想不到，卻一下子便消失得無影無蹤。

十三

林勁輝回到宿舍，四周已夜闌人靜。

上樓來，瞧見客廳沙發裏坐著位青少年在看書，他也不加理會，就朝走廊徑直往前走去。

「哥哥！你回來了。」

聲音是那樣熟諳地從客廳傳過來，林勁輝不由自主站住腳步，掉過頭去。

但見那青少年蓋上書，從沙發裏站起。他定睛一看，不覺吃了一驚。

「弟弟！是你！什麼時候到的？」

「剛才七點多鐘到。」

林勁輝本能瞥一眼手錶，是晚間十多時了。弟弟在這裏起碼等了有三小時。「很對不起！讓你久等了。」但又覺得弟弟突然的到來，是否家庭發生了什麼事？便馬上接下問：「是有什麼事情嗎？」

弟弟林勁耀走過來，他小林勁輝七歲，大學土木工程系三年級。「媽媽要我來看看你，順便帶了些燕窩要你吃。」他說罷，順手舉起右手拎著的一包塑膠，晃一晃。

「燕窩！這麼貴重的食品，留給爸爸吃好了。」林勁輝蹙一蹙眉說。

「媽媽說，你一個人在外，應該吃點好的。」

一個鬈髮，身體稍微肥胖，眼神時時透露出關懷的中年婦人，浮現在林勁輝面前。他但感一股溫馨往胸懷昇起，便微笑說：「媽媽就是這樣子關愛我們。」

「我們是幸福的。」林勁耀滿足說。

「說得是。」林勁輝不覺想起他就讀中學二年級時，一次，全班郊遊去，回來已是傍晚，天空卻突然下起傾盆大雨來，母親便冒雨帶著雨衣到學校接他去。同學看見了，都羨慕說他好幸福……

直至現今，他一想起這件事，心情還是感激不已。當時，他什麼話都說不出來，穿上雨衣，一路手臂緊緊環抱著母親肩頭，一同走回家去。

他托一托眼鏡，向弟弟端詳一下。一年不見，發現弟弟已長得身高骨壯，比他還高了。

「你又長高了。」他說。

「因為太饞嘴。」林勁耀難為情搔搔腦袋瓜。

林勁輝露出明瞭的笑容。「是食量大。在我們兄弟妹中，本來就以你食量最大。」他們兄弟妹是四位，林勁輝排行老大，下來是個妹妹，然後林勁耀，再個么弟。

兩人來到房門口，林勁輝拿出鑰匙打開門，讓弟弟先進房去，自己跟在後面。

「房間不錯呀！」林勁耀一跨進房裏，但見窗明几淨又寬敞。

「我在這裏，生活的確不錯，所以，教媽媽放心。」林勁輝順手關上大門說。

「我會將我看到的一切告訴媽媽。」

「倒是你，晚飯用過了嗎？」林勁輝脫下外衣問。

「在半路用過了。」

「到這時候也該餓了。事實上，我今晚在外邊用飯也只吃一些而已，我就弄兩碗米粉湯去，一同再吃。」林勁輝說罷便轉進廚房裏去。

不一會兒，一人一碗米粉湯，兩兄弟相對而坐。林勁輝透過弟弟埋首用米粉湯時，雙肩一聳一聳地是顯得那樣堅實有力；而那咽下熱湯時緊時鬆的眉角，又是那麼丰神雋朗。弟弟，真的是長大了。

「爸、媽身體都好吧！」

「一家皆平安。」

「平安就好。」

然林勁耀卻不意輕喟了一口氣。「在這年頭，平安就是福。」

「為什麼這樣說？」林勁輝但覺弟弟有什麼所觸。

「因為……」林勁耀停下用米粉湯，抬頭望著哥哥，聲音有些落寞地說：「許多意想不到的事情，你不知什麼時候會落到你頭上。」

「是誰人遇到了不幸？」林勁輝聽到話中似有什麼事。

「巷裏的楊伯伯他……」林勁耀乾脆說了。他們居住在岷尼拉華人區一巷子。

「楊伯伯怎麼樣了？」林勁輝迫切地問。

「他被捕了。」

「是什麼事被捕？」

「共嫌！」

「共嫌？楊伯伯是共嫌？」林勁輝失聲地叫起來。一雙筷子便僵在半空中。

「我也不曉得，」林勁耀神情黯然說：「前星期，在一批軍警配合下，突然持械到來，闖進楊伯伯住宅，說楊伯伯是共嫌，便把楊伯伯帶走了。」

聽著弟弟敘說楊伯伯被捕的情形，林勁輝腦膜猶如一攝影機，一下子閃過一位六十開外老年人的影子、一下子是這位老年人那張慈眉善目的臉龐、又一下子是那清瘦的身材。……

「說一位如此慈祥的老人家會是共嫌，我第一個就不相信。」

林勁輝一面用筷子夾起一串米粉，一面很為楊伯伯抱不平。再有感楊伯伯的身體，於是又喃喃道：

「而楊伯伯身體又是那麼瘦弱，這樣一打擊，經得起嗎？」

「哥哥！你的看法、你的關心，亦是大家的看法、大家的關心。」林勁耀答。

林勁輝方要將一串米粉送進嘴裏，忽然想起什麼，不覺把米粉放回碗裏。瞪了林勁耀問：「弟弟！是什麼時候華僑出現共嫌這問題？」

「還不是跟最近軍事情報處查獲的一批中共地下文件有關。」

原來，第二次世界大戰後，中共在第三國際配合下，處心積慮計劃顛覆東南亞各國政府的陰謀。在不擇手段滲透下，菲國地下共產黨組織——虎克黨便迅速地坐大，令政府備受威脅，不得不下令剿共。在軍部情報處，及岷尼拉警局情報組配合行動下，很意外的，還查獲一些中共潛伏在菲國的地下組織，如「菲律賓華僑委員會」、「菲律賓中國共產黨」、和「菲律賓共產黨中國政治局」等；據軍部情報處說，而由所獲得的文件中得示，發現華僑被中共收買的大有其人。

「居然有這樣一回事！」林勁輝愕住了。「報紙應該有這消息吧！我居然沒有注意到。」

「你太忙了。不過，事情有點誇張。」林勁耀一臉凝重。

「你的意思是……」

「被中共收買的華僑自然是有，但相信是少數。」林勁耀頓一頓。「倒是剿共下帶有著排華成份。」

「這是你的看法？」

「是大家的看法。楊伯伯的被捕，大概是跟他常常匯款到大陸去有關。」

「他匯款到大陸去，大家都知道，他是去幫助他的兄弟。有什麼不對？」林勁輝不以為然說。

「問題就在這裏，在這次逮捕行動中，除了像楊伯伯這樣，說是跟大陸親戚有連繫外，也有因在商場上買賣沒有開收據，或超價違犯商業法律，或得罪某要人的，通通一律被指是破壞菲國經濟治安的共嫌。」

「竟……是這樣子？」林勁輝吃驚得幾乎說不出話來。

「所以，」弟弟繼續說：「這一星期來，華社無不籠罩在一層陰影下，人人無不提心吊膽，惶惶不可終日。因為那個華僑沒有跟大陸親人連繫過呢？連爸爸也時有跟伯叔書信往來；而做生意不小心踩著紅線，很難說不會有頂『紅帽子』飛到你頭上來。……」

「已有多少人被捕？」

「首天被捕的有二百多人，後來又零零星星抓了十五、六人。」

林勁輝沉吟一下，眼睛望向窗口。「不過，弟弟，反過來說，你有想到嗎？人家好好一個國家，憑什麼要給予破壞呢？所謂『一粒老鼠屎壞了一鍋粥』，難怪人家處處要提防你們。」

林勁耀凝神細嚼一下哥哥的話，輕輕點一點頭，說：「哥哥！你說得也是，而所謂『一竿子打翻一船人』，是自然的現象了。」

「我很不明白，中共要把自己的國家變為共產主義，也就夠了，為甚麼也想要將人家的國家變成共產主義呢？中共不是最會喊『國家自主獨立』的嗎？」林勁輝有點憤慨地說。

「最會喊『國家自主獨立』的，也就是最不會尊重人家『國家自主獨立』。」

「哦！弟弟！」林勁輝怔一怔。「什麼時候世故起來了？」

「哥哥！我已長大了！」林勁耀嘟囔說。

「應該說是你對這事情看得深了的一種領悟。」林勁輝含笑說。

「也許是吧！看到楊伯伯的遭遇，著實令人心酸。」

「楊伯伯現在如何了？」

「楊伯伯他們一些人，目前都被羈押在菲憲兵部墨飛軍營裏。」林勁耀悲懷地說：「楊伯母卻不知如何才好，幾天來，一個人蓬頭垢面的，到處奔波拜託人，已瘦得幾乎不成人形了；大家看得傷心，想要給予幫忙，卻又束手無策。」

「可憐楊伯母！」林勁輝由不得感歎一聲。

「目前，岷尼拉風聲夠緊的。媽媽交代，要你處處小心。」

「教媽媽放心。」

壁鐘突然敲下午夜十二時。林勁輝本能移動一下身子，瞧一瞧壁鐘，跳了起來說：

「原來時間不早了，也該睡了。你明天幾時走？」

「明天一早我就走，因為下午我還有課。」林勁耀說罷。兩兄弟便同時一口氣把各自的一碗米粉湯用完。

是晚，林勁輝要將他的單人床讓給弟弟睡，弟弟卻堅持睡地板。林勁輝躺在床上，眼睛雖是闔上了，腦袋兒卻不聽使喚般的，還在盤旋著楊伯伯之事；他好幾次嘗試著把眼睛閉得緊又緊，好想將事情從腦海中揮去，可是一點作用都沒有，令他輾轉在床上，遲遲不能成眠。

是湊巧吧？

正當林勁輝和其弟弟談論著有關共嫌之事，離他們宿舍不算太遠的那間露天酒坊，也有著一群人剛談論過這件事。

「這小子好厲害，藉義診來掩蓋其罪行。」話題一扯到林勁輝，基順便這樣說。

「有云：中國人是狡猾的，絲毫不爽。」黎加洛忿忿地說。

「唉！」羅威嘆一口氣。「就這樣無奈讓他逍遙了。」

「可憐仁娜！陰間將永不瞑目。」蘇惹諾也哀歎說。

大家正有感奈何不了林勁輝，而有點頹然。彬蘭磊卻好像沒受到任何影響似的，依然故我地在一旁一口一口飲著啤酒、抽著煙。他今晚又是一身衣衫便服。

「喂，彬蘭磊！」蘇惹諾用手肘推了一下坐在其旁邊的彬蘭磊。「你是怎麼樣？只儘管喝酒，是了嗎？」

彬蘭磊把酒杯放下來，絲毫沒有醉意，但卻答非所問，說：

「你們最近有聽到一個非常驚人的消息嗎？」

「目前最驚人的消息——」黎加洛撥一撥八字鬍，一副「消息我是最靈通」的神情開口說：

「大概是那宗有關華僑共嫌案莫屬了？」

彬蘭磊掉眼望黎加洛。「可知，逮捕了多少人了嗎？」

「已有兩佰多人。」

「想想看，僅僅一個岷市華人區，就逮捕那麼樣多人，要是全菲捕盡，豈不是成千成萬了。莫怪軍部情報處獲得的情報說：華僑十其有九都已被中共所收買了。」隨著兩顆黑瞳仁溜來溜去，彬蘭磊說得有聲有色。

事實上，當彬蘭磊藉仁娜之死來誣陷林勁輝而未能得逞，心中是較誰還鬱悶氣結，真有說不出的挫折感；待瞧見有關華僑共嫌案這條新聞後，忽又想出一計來。

今晚，他已成竹在胸。

「我也有看到軍部情報處披露的這條情報。」基順說：「真是可怕極了。」

「幸得軍部先行動起來；要不然，菲律賓豈不是要被華僑赤化了。」羅威想像得恐怖地說。

「我們就要失去自由。」蘇惹諾不知不覺加上一句。

「生命誠可貴，自由價更高。……沒自由毋寧死。」黎加洛唱起自由的價值來。

「華僑真是可惡到極，把我們的錢都賺去了，還要教我們失卻自由。」羅威憤激地說。

「那麼！這醫生小子會否也是共嫌呢？」彬蘭磊似有意又似無意地問。

「很難說。」蘇惹諾說。

「什麼很難說，也該是共嫌之一。」基順摸一摸禿額，瞇起雙眼，聲音陰沉說。

「不管共嫌不共嫌，實實在在地，華僑都非通通攆出菲律賓不可。」黎加洛用力撥一撥八字鬍說。

「通通攆出去！」羅威喊起來。

於是，在依瑪市，又有傳聞揚起了——

「很可怕！原來華僑通通都是共嫌！」

「那麼！這林勁輝小子呢？」

「那還用說……」

彬蘭磊在家中悠哉遊哉地啃著一棵蘋果。再一次，他笑了，因為他的計劃又如他安排的——順利假手他人；而他相信，這一次，他將會如願以償。

十四

事情一步步在發酵。

林勁輝在行醫時。一次，有位中年男士病客受診後，忽然問他道：

「真的華僑十其有八都被中共收買了嗎？」

「大體上，華僑是循規蹈矩、奉公守法的，絕少會去相信什麼『鬥爭哲學』；所以有是有，但應該是少數。」林勁輝相信他是了解華社的。

然病客雙眉卻向上挑一挑，不為意說：「但這是國防部的來源。」

「這……」林勁輝一時不知要如何回答才好。因為若說國防部錯了，可能馬上被指是對國防部的藐視，承擔得起嗎？菲律賓的民主是只賦與菲律賓人，外僑不包括在內。

然後，接下來，幾乎是每日的，都有病人這樣問他：

「林醫生！你信仰共產主義嗎？」

「林醫生！你是中共同路人？」

林勁輝必須要小心翼翼因應。

還有一天，是位七十三、四歲的老病家，竟不假辭色對林勁輝說：

「我聽說好多華僑被中共收買，你不會是其中之一吧！……我若得知你是其中之一，我定跟你不客氣，把你送進軍部。……你要曉得，我已活了這一把歲數，我嚮往自由，因此我是不容菲律賓的自由被共產黨奪走的。」

令林勁輝哭笑不得。

而進一步，醫院董事會約他談話去，因為傳聞愈滾愈烈，令有些董事也對他起疑。

一談就是三、四小時。

是困惱？是壓力？林勁輝病倒了。

是一個早晨，他剛醒來，身體便酥軟軟地但覺無限疲憊，懶在床上一動也不想動。「多半是著了什麼流行性感冒。」他想。因為這幾天，天氣彷彿特別炙熱，猶似高張的火傘，將大地籠罩得密密麻麻的，連陣風都沒有空隙飄掠下來，令人身心難受極了。

他勉強起床來，用過早餐，服片抗生素，然後上醫院去。

但是一連數天，任憑每日三餐他都照服抗生素，依然不見有絲毫起色。

相反地，他還開始有感食慾不振、時常頭痛、且有軟便的現象。

一夜，林勁輝從醫院回來已是差一刻午夜十二時，他拖著好沉重好沉重的腳步一步一停上了樓。他回來這樣晚不是在為病人看診，而是董事會約他第二次談話，跟上次一樣，一談又是三、四小時。他跨上到樓上，已是累得幾乎撐不住了，一打開門，衣也不卸，鞋也不脫，先吞下一片抗生素，就往沙發裏重重地半坐半躺下去。

其實，所謂『約談』，說得坦白，是對林勁輝的詰問。由董事會董事一位位輪流地問，每位董事問的問題又都是大同小異，莫非是——

「你擁護共產黨？」

「我不知共產黨有那些地方值得我擁護！」林勁輝答。

「同情共產黨？」

「沒有必要。」

「但你是中國人，為什麼不擁護中國共產黨？」

「我理智更清醒。」

然後提醒問：

「你知曉在菲律賓法律下，共產黨是非法組織嗎？」

「我知道。」

「你知曉醫院是不容有共產黨徒來行醫的嗎？」

「我更知道。」

第二次約談，問的也是這些話。

很明顯的，兩次約談都是院方的攻防策略，目的是想藉董事一個個疊床架屋的詰問，好使林勁輝精神承受不了壓力，最後崩潰而道出「真相」；但是，董事會第一次摳不出「真相」，就再來第二次，可真相就是林勁輝不是中共同路人，所以再如何摳也摳不出什麼「真相」來。

就有一位董事在第二次約談沒有「結果」後，離去前恨恨地對他放下狠話說：

「我看只有請出軍部情報員跟你約談，才能把『真相』摳出來。」

林勁輝聽罷，依然哭笑不得。

雖然，所謂「不做虧心事，何來懼又怕」。林勁輝自始至終都能保持著心定若亙，但是如此這般一問一答，幾小時下來，任憑誰心神不免亦夠辛苦的。

他把眼鏡脫下來，放在沙發旁的小案上，然後捻捻天庭，再閉上眼睛。辛苦中，加上身體的不舒，他情緒開始往下落。一股不能自制的煩燥感便一直欲往心頭升，腦袋瓜發條便走得更緊，不聽使喚地一忽兒走向左、一忽兒走向右……。他想到了弟弟告訴他有關楊伯伯的事。「想不到，楊伯伯被累，我也被累。」他苦笑地深深皺一皺眉，悲情有所感：華僑即使想要在菲律賓安分守己過生活，亦不是椿容易的事——首先，就很難於獲得菲律賓人的信任。

在他生命裏，開始跟菲律賓人接觸，是上了大學，因為在菲律賓的華校，都是辦到中學為止，所以一般華生在華校完成中學學業後，要繼續進大學就讀，就須入菲校了。入菲校，就要跟菲生接觸。

他記得，上課時，他刻意注意一下，班上連他只有五位華生。在上剖解動物時，教授要學生四人一組共同作；所謂『物以類聚』，華生便找華生去，然而必須一人退出。林勁輝為成全四人，便自告奮勇退出，參與那組有缺人的。

這一來，他自然要參與菲生組了，他看到有一組僅三人，尚缺一人，便挪過去，問：

「對不起！你們一組三人尚缺一人，我可參與進來嗎？」

想不到，三人同時抬起頭來，同時反問：

「為甚麼不找你的同胞去？」

「他們已四人一組了。」林勁輝照實說。

三人互看一眼，其中一人說：「我想，咱們三人是足夠能力做的。」

「是的。」另一人接口說：「只要夠能力，三人亦可一組。」

說得已夠明白，林勁輝只好知難而退。

另找一組去，依舊是同樣命運；幸得教授瞧見了，他才被接受下來。但他卻如一尊木偶，人家不理會他，也不同他合作。

究之原因，對他不信任也！

他再記起另一回事，中學時代，他開始興起玩籃球，一直玩到大學上體育課任選項目時，他選了籃球。他投球之準確，終被學校看中，而加入了校隊，但每次遇到校隊跟其他學校的校隊比賽時，他卻只坐在凳子上看比賽，沒有下場的機會。初時，他不明白教練為什麼不讓他下場，後來，漸漸地，他聽到隊友說，因為想著他是華僑，教練擔心他下場後，不會誠意為校隊出力……。

……

他在沙發裏移動一下身體，但感身心還是那麼的疲憊與虛弱；而悲情也隨著煩燥感逐漸地擴大開來……

於是，他又想到仁娜之事……。

「仁娜事情方過去，就有另一樁發生。我來到這裏才一載多，難保兩年協約結束前，不會再有第三樁、或第四樁事發生……」林勁輝不覺地想。而情緒不佳也影響到意志力，他忽然頹廢了。

「我最好還是辭職回岷市好了！再重新計劃行醫事業。」便決定明晨要向院長辭職去。他雖跟院方簽有兩年協約，但也另註遇有特殊情況可隨時解約。

可是一想到院長，一個有著尊嚴又慈善的老人臉龐，便出現在他眼前。他由不得肅然起敬。煩燥感遂有所回降。

「我肯定你不是中共同路上，你自己比誰也清楚你不是中共同路人。就去接受約談吧！沒有什麼好可怕的。」想著兩次董事會約談，院長事前都給予他這樣信任地打氣說。

即令仁娜之事，他能輕鬆自如以對，院長信任在先也！

所以，有時候，話也需說回來，凡事皆不會是絕對的！

一有這理念，他腦海的別一面，便閃出一縷陽光，他除了瞧見院長對他的信任，亦瞧見蒂絲等人對他的信任……

「這又是誰在誣陷林醫生？」當聽到林勁輝是共嫌的傳言，大家都不約而同關心地發出同樣的疑問。

「林醫生若會是中共同路人，太陽從西邊出來了！」馬莉莎抱不平忿忿地說。

「林醫生為人忠實又厚道，且樂於助人，那點附合共產黨的要求？」心臟醫生提出問題說。

「說得不錯，共產黨要是要林醫生這種人，早就不是共產黨了。」腸胃醫生贊同心臟醫生的提問。

「我看法跟你們一樣，我不相信。」身材頎長的護士毫無疑問接口說。

「我也不相信。」青痣的護士也說。

「我最清楚林醫生。」蒂絲更是說得斬釘截鐵。「我生命擔保，要是林醫生真地是中共同路人，我願看錯人坐牢。」她一面說，一面暗地裏又不覺猜疑是否是父親一夥人做的好事。……

想到大家對他如此的關愛及信任，林勁輝禁不住又感動又感激。因而轉念一想，「我若因這事匆促向院長辭職，便形同是對院長、對蒂絲等人的愛護撒嬌，不但惹人笑話，還會令人反感。……」

壁鐘突然敲下了兩聲。

「什麼！凌晨二時了。」林勁輝驚叫起來。思潮斷了。從沙發站起，預備換衣睡覺去，但覺渾身依然力困筋乏，抗生素似乎已沒有半點效力了。

「明天早上，我還是需先檢查身體去才是。」

檢查結果出來，林勁輝原來患有慢性肝炎病。

「哦！我竟著了慢性肝炎病。」林勁輝先是怔一怔，然後自我解嘲笑一笑。「我真是無用，不過稍為勞碌些，身體就支持不住了。」又想：「……慢性肝炎跟肺結核一樣，是種麻煩病，不是一下子就可醫好的，最好是能夠休息，我該怎樣辦？……請假去？……」

「對呀！」他忽然省悟到什麼。「我現在不是趁此機會向院長辭職去，正好有個名正言順的交代。」

決定下來後，馬上找院長去。

可是，在他呈交辭職書與身體檢查報告給予院長後，院長卻不接受他辭職。理由是慢性肝炎雖是種麻煩病，須較長時間性的治療與休息，然哪需辭職？

「瞧你身體是消瘦了！」院長說：「不過，請假休息一陣子就夠了。」

「但是請假久了，不好意思。」林勁輝說。

「病了，請假，是理所當然，有什麼不好意思的？」

「然會造成病人不方便。」林勁輝婉轉地說：「我辭職了，院長可以馬上聘請他人。」

「別忘了！我也是專攻肺部的。你請假期間的空缺，我可以替代你。」院長和氣帶笑說。

「這怎樣可麻煩院長？」

「不需見外。」

林勁輝不知如何是好，有些急起來了。「院……長！真的……不好意思麻煩你！」

「嗯！我看，你辭職是有另外原因。」院長探詢地說：「是不是跟傳言有關？」

「這……這……」真不是撒謊的料，林勁輝結舌地顯得不自然。

「你可有想到嗎？你辭職了，大家將怎麼樣看你？」院長瞟了林勁輝一眼，提醒說：「你一定是心裏有鬼，怕了，才辭職；而證實傳言是真的！」

「但每次都要讓你操心，很過意不去。」

「不要這麼樣說。」院長忽然苦笑說：「更多時候，我是為吾國人一步步越陷越深地踏入排華歧途而痛心。」

林勁輝帶著驚奇的眼神直瞪著院長。

「我不是看不出，從仁娜之事，到誣指你是中共同路人，都是出於一些強烈民族主義者之手，因為容不下你在依瑪市生活的排華心理，製造出來的子虛烏有事件。」

林勁輝更加驚愕了。

院長卻繼續說：「但這些人這樣做，對社會、對國家又有什麼好處呢？」

林勁輝依然直瞪著院長。

院長最後帶著信徒的憐憫心祈望說：「但願上帝能幫助吾國人，使眾人心靈有所昇華，有朝一日能突破『民族主義』框框。」

若說林勁輝從仁娜事件中看到菲國知識分子的高超胸襟及視野，從這誣指他是中共同路人之事卻見到菲國知識分子的高潔心靈。

「所以，堅強點，是非終有水落石出的一天。」院長用鼓勵來結束對他談話。

林勁輝終於接受院長對他的說服，院長給了他三個月假期。三個月他是可以回岷市在家中好好休息一陣子的。

他一一跟蒂絲他們等人告辭，交代希望義診能夠繼續。他因身體不舒，已有好幾次沒有參加義診去，義診之事都交由心臟醫生與腸胃醫生料理；大家看到他體重消減，精神不振，也都非常關心他，贊成他休息去。最後，他告訴蒂絲，他會跟她通信，才提起細軟乘上長途公共汽車離開依瑪市。

下篇

十五

林勁輝回到岷市家中，把房間打掃一番後，第一件事要做的，就是寫信給蒂絲，告訴她，他已平安回岷市，再交代他耿耿於懷的義診，希望能夠繼續下去。不久，他便收到蒂絲的回信，要他放心好好休養，不但義診會繼續下去，大家更會天天為他禱告，祝他身體早日康復。

林勁輝為了養病起見，終日蹲在臥室，除了時不時給蒂絲他們寫信，就是打開醫書閱讀。他特意找李頓醫生去，請教最近有否出版有關肺部知識的書籍，李頓醫生得知他因過勞得了慢性肝炎病，回家休養，便拿出每本都足有兩寸半厚共三本的醫書供他帶回家看去，說這也是一種難得的機遇，藉著養病可以不必理會周圍事務，心無旁騖研讀。他也真的把握住一分一秒。其實，他找李頓醫生去時已有這想法了；因此短短一個月半時間，他便讀完一本半的醫書。

這已是晚上九點多鐘了。

林勁輝坐在案邊檯燈下看醫書，是那麼樣專注，不知不覺已看去了兩個多小時，背脊骨稍微有些瘦痛，便本能站起身伸伸個懶腰。正聳起雙肩用力往後縮一縮，又要再縮一縮，房門突然有人輕聲敲了兩下，他掉過頭去。

「進來！」

門開處，一個少女右手捧著上面不知放著什麼食品的小碟子，婷婷玉立地站在林勁輝跟前。

「哥哥！你還沒睡覺？」

「時間尚早。」

「但你已看了整日的書，不累嗎？」妹妹秋霞說。

「我身體已好了大半。」

「是的，瞧你臉色光潤多了。」秋霞說：「醫生就是醫生，總懂得如何看顧自己的病。」

「別挖苦我，」林勁輝微笑說：「我若懂得看顧自己，就不會罹病了。」

「是因為你忙。要不然，短短一個月半就起色得這麼快。」

「是媽媽跟你們給我的照顧。」

「為什麼還包括『你們』？是我在妳面前，不好意思單說媽？」

林勁輝斜睇秋霞一眼，這個從小就愛拿他逗悶子的妹妹，現在已是待字閨中了，還是這樣子。

「是的。」林勁輝故意順意地點點頭。他自來就很愛護這妹妹。「因為瞧妳帶食品來要給我吃，我自然要奉承妳一下。」

「原來如此，可惜拿食品來給你吃，是媽的意思，不是我。」

「可是妳代勞，也算是妳。」

「好！妳既然這般奉承我，就請你吃中秋月餅。」秋霞將小碟子遞過去。

「那來的中秋月餅？」

「媽媽買的。」

林勁輝頓一頓。「現在相隔中秋節不是還有一個月？」

「是呀！但生意人，提早上市，提早賺錢。」秋霞盯了哥哥一眼。「不是年年都這麼樣嗎？」

「對！對！一年半載沒品嚐過中秋月餅，都忘了是什麼滋味了。」他接過小碟子，但見裏頭放著兩塊中秋月餅。去年，他在依瑪市，沒有華僑同胞，自也沒有什麼中秋節。

「你就慢慢品嚐吧！我還要幫媽媽料理家務。」

看著妹妹背影消失在房門口，林勁輝舉起左手從右手捧著的小碟裏拎起一塊中秋月餅，往嘴裏一送，一面細嚼，一面走到窗前繼續伸展肢骨，先是踢踢膝蓋，再仰頭扭扭頸項，然後俯首朝窗外看。這是一棟美領時期（註五）兩層樓式的木屋，位於華人區眉眉橋邊一條巷口；因此，屋子一邊朝街，一邊朝巷。樓下拐角處父親經營的菜仔店，樓上是四間臥室，屬於林勁輝的臥室是最裏頭的一間，窗口也就完全朝巷裏。這時，巷裏在幾盞昏暗的門燈下，已是一片靜寂。林勁輝在窗口站了一會兒後，預備轉身要再看書去，卻見個人影拖著蹣跚的腳步一步步朝巷內走來。當人影漸漸走近窗下時，赫見竟是楊伯母，林勁輝不覺倒抽了一口氣，什麼時候楊伯母變得如此年老力衰，既使從那投在地面長長的影子，亦能分明看出背脊佝僂了，顴骨高起了，虛弱得簡直如患了一場大病後的樣子。林勁輝打從依瑪市回來，一次找李頓醫生請教有關肺部新出版的書籍，另一次到醫院照X光找醫生去，個月半來，都蹲在家裏，既未曾踏進巷內一步，更未跟任何鄰居照過面，他對楊伯母的印象也就完全停留在他到依瑪市行醫前。「但時間上也才相隔一年多，楊伯母就衰老得這麼快，應該是被楊伯伯的事件所拖累。」一想到楊伯伯的遭遇，自然也會連想到自己，不覺深深輕嘆了一聲。

他自始至終都沒將他在依瑪市所發生的事告訴家人，為的是避免父母親為他擔心。

他再從碟子拿起一塊中秋月餅投進嘴裏。這時，楊伯母已抵達在其窗口側對面的家，打開門，跨了進去。

瞧著楊伯母將門打開又關上，林勁輝一雙眼好似突然看到那扇門出現了什麼東西，但卻是那麼模糊，不覺直瞪瞪地想要追尋著……

以他所知，楊伯母少楊伯伯足有二十歲，楊伯母不僅知書達禮，還是一個有姿色、入時的女子，他曾聽到鄰居的父執輩這樣對楊伯伯說：「你是幾時修來的這份福緣，上了這把年紀了，還給你娶到如此又美貌又有見識的女子。」楊伯伯聽了這話，兩眼總是笑成一條直線，滿足神情溢於臉上。「我也不曉得我是做了什麼合乎天意之事，老天爺竟如此對我特別厚愛。」楊伯伯說這話不是為了謙虛，是實實在在的話。因為就現生活上來說，他是一個小生意人，做的是豆腐豆干這一類的食品，既屬一種勞力營業，蠅頭小利也不敢幻想有朝一日會有能力蓋洋房大樓，楊伯母願意跟他長相厮守，是他想也不敢想的。

「也許，是因為楊伯伯身上流竄著的勤勞及老實，令楊伯母覺得可以放一百個心；因為畢竟，品德較年齡、有形物質來得可靠。」林勁輝曾經默默地這樣猜測著，因為做為晚輩，對於長輩的婚姻關係，除了在一旁「靜聽」，最好是不要過問。

林勁輝認識楊伯母時，已是位「楊伯母」了。他記憶所及，楊伯母也是每天穿上工人裝，跟著楊伯伯及兩位菲雇員，不分工作粗細，在磨坊裏磨豆。聽說，楊伯母磨起豆來，較楊伯伯還真有一手。為了證實，一次，他母親便向楊伯伯買了兩塊豆腐，弄上些肉漿，給他們兄弟妹做為佐膳試試看，因為他父親素來不喜愛用豆腐豆干之類的食品，這也為甚麼他母親少買豆腐豆的原故；可是，這一次，他父親卻跟他們一同用上了，大概是因「聽說」起了好奇心。那知，不試也罷，一試便連聲不停地「好細！好細！」從此，便要他母親常常向楊伯伯買豆干豆腐來做佐膳。

楊伯母除了能磨出一手好豆干豆腐。事實上，她還是位能做出各式各樣手藝食品的能手。林勁輝記得，有好多年，每逢過年節，巷裏家家戶戶都會從楊伯母手中拿到她贈送的年糕。說來可笑，大家用過她做的年糕後，便猶似吃癮了什麼，口齒留香，久久難忘；翌年，年節又即將復臨，就會聽到巷裏主婦們不約而同你一句他一句地竊竊私語。

「她做的年糕為甚麼會這麼樣細？」

「我到市場買去，買來買去也買不到如此細膩的年糕。」

「所以妳們想吃，就忍一忍，隔幾天就是年節了。」

「做得如此品味無窮的好年糕，為什麼不放到市場賣去呢？」

「這問題，不須要去推敲；也許，這是她娘家的規矩，不允買賣。」

林勁輝自也不得而知。

記不起是打從那一年開始，亦不知是誰人的提議。不過，林勁輝可以肯定的，是他肄業中學時代的一個除夕夜，因為那天華校都提早放學，好讓他們有充足時間過個快樂的除夕夜。是晚，巷裏燈光大放，大家在家用畢年夜飯後，就匯合聚集在巷內守夜。楊伯母弄了一盤又一盤的糕餅點心做宵夜，長輩們一桌地一邊淺斟用糕餅，一邊忘我大聲小聲地猜著拳；隔桌的婦女們圍在一起也一旁用年糕，一旁話女人經；他，林勁輝，跟他同輩的青少年，與小孩們則手裏拎著糕餅在巷內跑來跑去，玩得不亦樂乎……。使得巷裏充滿著一種過節的氣氛之夜，事後皆令大家念念不忘。從此，楊伯母便改變方式，以『請』代『贈』；並且，一年還請了好多次。過年，她請大家聚首巷內用年糕守夜，元宵弄湯糰給大家一起用，端陽讓大家嚐嚐她所做的角黍；中秋節，她也能做出美味可口的中秋月餅。於是乎，大家不是提早歇業，就是暫時將工作放在一邊，誰人也不想錯過這些美好的夜晚。不知不覺中，楊伯母是幾乎地將唐山的傳統節日巧妙地重現在巷內了。

林勁輝再嚼一口中秋月餅。說起在巷內過中秋夜，是最多彩多姿的一環。楊伯母除了有中秋月餅給大家吃，還弄了一種大小不同，薄薄如小車輪的月餅，供大家賭狀元。賭呀賭呀，有一年，是林勁輝上了大學了，跟楊伯母隔鄰的黃太太，賭前大喊說：

「今年呀！狀元定為我所中。」

「說得如此肯定，妳又不是神仙。」駝背的王婆抬頭白了黃太太一眼。

「我雖不是神仙，但我有預感。」

「什麼預感的，廢話！」王婆擺了擺手說。

「信不信由妳，前幾天我睡覺時，夢到我中了狀元。」黃太太煞有介事地說。

王婆跟眾人一聽，無不噗哧一笑。

「我看，妳是日有所思，夜有所夢。」王婆接著說。

「才沒有，」黃太太辯解說：「我是瞧著節日愈來愈近，想大家只有在這一刻能同時放下工作，如一家人團聚一起，心情不知不覺便愈來愈興奮，不知何故就作了這麼樣的夢來。」

「哦！妳這心情也是大家的心情呀！」林勁輝聽到母親說——大家都管叫他母親啟鳴嫂——有些感覺奇異地瞧了瞧黃太太一眼。「不過，卻沒有人像妳夢到中狀元。」

「不是很奇妙嗎？」黃太太認真地回答林勁輝的母親說：「想想看，狀元只能一人中，所以只有中者會夢到。」

大家對她這論調又是一陣噗哧。

黃太太可不理會大家的噗哧，繼續說：「我不僅夢見中狀元，還是雙狀元的。」

「什麼是雙狀元？」李伯伯河三問。

「就是雙重狀元。」

「妳的意思是說，中了一次狀元，再一次狀元？」

「是呀！」

「咱們每年只賭一回狀元，妳要如何中兩回狀元？」

「我也不曉得，我只是這麼樣夢見。」黃太太聳一聳肩說。

大家對她的無從解釋，再起了一陣噗哧。

「不過有時，夢也是一種預兆。」

「還是啟鳴嫂說得是。」黃太太拍拍掌有人為他解困。

……

然後，賭狀元開始了。

長輩小孩，不分老幼，團團圍在一起。

從最高齡的李伯伯河三領先擲骰子起，一個接一個隨著圓桌繞下去；不久，一圈繞完了，再一圈，又一圈。起初，擲骰子時還有人起鬨、笑鬧，暫暫地，桌上大小月餅幾乎都被拿走了，唯獨那塊最大的狀元餅還放在桌中央，沒有人「認領」，大家便有些闌珊了，鬨聲不覺愈來愈弱，愈來愈少。

「奇怪，繞了好幾圈了，還沒有人中狀元。」沈太太有些沉不住氣說。

「是阿！我們賭狀元從來沒有這麼久的。」楊伯母也說。

而幾位大男孩在輪到他們擲骰子時，不耐煩地開始隨著捻起的骰子擲下去，大喊著：「狀元！狀元！」希望能夠快快得中。

接著，小孩也模仿著做，模仿著喊。

然而，無論此起彼落如何喊叫，狀元還是不出現。

「黃太太！妳不是說今晚狀元是屬於妳的嗎？為甚麼妳已擲了好幾次骰子，還不見妳中上狀元？」王婆也不耐煩了，便怪起黃太太來。

「天機不可外洩。」黃太太似乎並沒有因狀元尚未有人中而起煩，她還悠哉遊哉地說：「現在妳看到了，咱們玩狀元，時間從來沒有如此長過，那是因為在等碰上我的運氣。」

黃太太這些話又引起大家噗哧不已。

可是，她卻顯得更有信心。

唯可惜，這信心才在她臉上出現，就有人大聲喊起來。

「五紅帶一，中了！」

「誰中了？」

大家朝擲骰子的人瞧去，原來是楊伯母。

王婆抬頭向黃太太深深地瞧了一眼。

只見黃太太神情有些不解。

然後，聽到楊伯母說：「怎樣狀元給我中了，豈不是我自己做的月餅我自己用了。」

「妳錯矣！」林勁輝一聽，是母親道：「不管月餅是否為妳所做，能中狀元是一種福氣。」

「哪就請大家同我分享這福氣。」楊伯母說罷便拎起刀子把狀元月餅切成一小塊一小塊，預備讓大家共享。

「我不是這意思要妳分月餅給大家吃。」林勁輝見母親急促解釋說。

「我知道。」楊伯母笑著說：「我還要感謝你，你一語喚起我這做法。」

「我看，這樣吧！」楊伯伯插口說：「瞧見大家餘興猶似未盡，我捐出兩佰塊，來個別開生面的叫著『皇帝有須再個狀元』獎，好玩個夠。」他因為看到太太把自家獻出的月餅贏回來，有點不好意思。

「兩佰塊，這麼多！」眾人幾乎楞一了楞。

「一年才一次，那能算多！」楊伯伯不以為然。

於是，大家又圍在一起擲骰子。

依舊沿著圓桌繞下去，只是這次沒有多久，才繞了兩圈半，便出現五紅帶三，比剛才五紅帶一還來得高點；而不是別人擲中，仍是楊伯母。

「又是楊伯母！」晚輩們不由自主叫著。

「又是雪麗！」長輩們不約而同楞住。

「唷！」王婆心頭突然有所觸。「這樣說起來，黃太太做的夢倒是真實的，只不過……是出現在雪麗身上！」

「哦！我明白了！」黃太太醒悟到什麼。「雖然夢為我所做；然而，雪麗心胸度量寬能撐船，所謂『量大福大』，福氣便歸她所得。」

「對！對！對！」

「的確是如此！」

「還是黃太太能透澈天機。」

「我那有什麼本事能透澈天機，」黃太太謙虛說：「只是冥冥中，不能不信有天規的存在。」

「既然今晚我太太人氣這樣旺，」楊伯伯又再不好意思笑著對大家說：「這兩佰塊我就教我太太暫時收下來，我所謂『暫時』，是因為這兩佰塊我預備留在明年中秋節再拿出來賭，然後我會再加上兩佰塊，使數目成為四佰塊。」

「什麼！這樣大數目！」晚輩一聽都叫起來。

而長輩？沉先先說：「楊兄！你明年要再捐兩佰塊，我也要捐兩佰塊。」

「我也兩佰。」黃先生說。

「你三人明年都要捐兩佰塊，我也要捐兩佰塊。」李伯伯也說。

「你們大家都預備明年要捐兩佰塊，我能不跟嗎？」林勁輝看見父親最後也不落人後說。

瞧見長輩們如此慷慨解囊，大家都睜大了眼睛。

「你明年要捐兩佰塊，他明年也要捐兩佰塊，他也是，他也是，……數目豈不是要達到一千多塊錢了！」王婆咋一舌咋說：「一千多塊錢可供個把月的家費，不是兒戲呀！好！從明天起，我會每天撥出一兩小時，勤練擲骰子功，以期明年能將這兩三千塊錢贏得來。」說罷，便擺出擲骰子的姿勢。

王婆的一副忘年的滑稽動作，長輩、晚輩們皆笑得彎下了腰。

「從今起，我也要勤練擲骰子功。」黃太太故意咧嘴一笑跟從說。

「我也要練。」沈太太也說。

「我也是。」林勁輝只見母親也湊上一口。

「王婆，妳看！妳說了，豈不是給大家開竅，讓自己在明年製造對手？」李伯伯趁機湊趣，盯著王婆，一臉做出「妳很愚笨」的惋惜表情。

「是的，我真是的！一時為什麼沒有想到，說溜了嘴。」王婆又再似孩童般打打自己的嘴邊。

大家又再一次笑彎下了腰。

……

不久，黃先生為要到宿霧發展事業，便舉家搬走了。而世事滄桑，歲月不堪回首，這種歡樂的時光，似乎是一去不回頭！

林勁輝抬頭歎一口氣，看到楊伯母目前已被楊伯伯之事弄得每日昏天黑地，不知生活是什麼滋味，不要說早已忘了中秋節即將來臨，既使還記得的話，也沒有心情再做什麼中秋月餅，跟大家一同慶中秋了；其實，大家又何嘗不是一樣，在這排華愈來愈越嚴厲的年代，過了今天，不知明天將會如何，生活完全得不到保障，誰還有心情熱鬧呢？而母親曾告訴他說，自從楊伯伯被捕後，楊伯母為楊伯伯能早日洗冤，到處奔波，兼顧不得，已將豆腐坊歇了，她雖有兩位兒子，可都還在求學年齡，根本幫上不了什麼忙。

林勁輝離開窗口，折回書桌，把用完月餅的小碟子放在桌邊，飲了一口水，坐下來，繼續看醫書。

＊註五：西班牙腓立比二世於一五七一年六月完成佔領菲律賓群島為其殖民地，至一八九八年四月美西爆發戰爭，西國敗走，此期間稱為「西領時期」。美國接手管理菲律賓後，迄一九四六年七月四日，菲律賓正式宣佈為一獨立共和國，此期間稱為「美領時期」。

十六

雪麗跟其兩位孩兒用畢晚膳後，兩孩先後上樓回房作功課去，她坐到客廳沙發裏休息。適中的空間，她靜靜一個人地坐著，時而抬頭瞧瞧左邊的屋角，時而右邊的屋樑。這屋子雖也跟巷內每幢屋子一樣——兩層樓木屋，卻是巷中最大的。空間之廣，在她進入楊家後，便向丈夫主張隔成內外兩部，將起居室集中內部，外部為磨坊。因為以她的測量計劃，這樣一來，起居室不小亦不大，容易打掃；外部的磨坊又不比租在外頭的磨坊小，以期將來一旦有了孩子後，既可一面照顧小孩，又一面繼續幫助丈夫買賣，兩面兼顧得到，何樂而不為呢！

而數十年來，兩面的兼顧，雖將她忙得喘不過去來，可從來不知什麼是累；而現在她卻常常感覺無比的疲倦！

她所謂用畢晚膳，事實上，她只是勉強用上兩口便算了。自從丈夫被捕打亂其生活後，胃口就始終塞著什麼東西似的，膨膨脹脹地，不僅沒有食慾，亦不覺飽餓，做菜莫非是給孩兒吃；且這時坐在客廳裏，還是為著某事所惱，想不出該如何是好。

前些時，她到墨飛軍營裏的牢獄探望其丈夫，發現丈夫身體不舒服，便請牢裏的醫生為其丈夫看病。獄醫診斷後，說是著了傷寒，開了一些治傷寒藥；可是，藥吃了，不但不見效，每到黃昏，反而發高燒，依一般常識判斷，可能是受了什麼細菌感染，侵襲到肺部，因為牢獄小，一時關進那麼多人，又缺少衛生設備，而其丈夫素來身體就不是怎麼樣強健，年紀又大了，抵抗不了。因此，她又再請獄醫去，然而獄醫好像很不耐煩的，推說事多，只馬馬虎虎交代藥再繼續用幾天就會好了。雪麗沒辦法，便想申請牢外就醫，但獄長不答應，說共嫌跟一般囚犯不同，折衷辦法，唯允許她可以從外面帶醫生來為其丈夫診治，雪麗也只能這樣辦了。

她想到的第一位醫生，是她親生父親生前的一位好朋友，亦是她娘家當年的常川醫生，不過，對方現在年齡大了，已退休。「不知他願不願意？試試看！」她想。

帶著忐忑的心情上門去，多年不見，老醫生伸開雙臂，熱烈歡迎她。看來，老醫生是老當益壯。

所謂「無事不登三寶殿」，雪麗客套話兩三句後，就將來意說了。

老醫生得悉她的遭遇，非常同情；然一聽要拜託他到什麼墨飛軍營看病人，渾身馬上打了個哆嗦，顧不了眼前雪麗跟他的關係，幾乎頭搖不夠還連雙手都搖著說：

「雪麗！妳的遭遇我是很同情。但是，很對不起！不是我不想幫妳的忙，只是我這把年齡了，真不想踏進軍部去。」

自來，軍部門禁森嚴，是最惹不起的衙門，所以，在大部分華僑心理上，不管有事或無事，都儘量跟軍部保持距離。

「但是，有我在身邊。」雪麗說。

「我知道妳會陪在我身邊，然……」老醫生稍微仰頭望向天花板，說：「我心理上就是不能自己，我……我就是……有點怕……」

「請放心！軍部不是我們一般想像的那麼樣可怕。」

「可是……總也需經過不少盤問查詢吧！」老醫生年紀畢竟大了，顧慮總比較多。「我怕煩。」

一提到「煩」，雪麗便不知如何才好。的確地，政府部門之「煩」，是最讓人卻步的。想起她初時到軍部去探望丈夫時，是怎樣被盤問得昏頭轉向，明明是同一問題，卻反反覆覆問了幾十次，令她欲哭無淚；後來，認識了，才沒有再煩她。「是有點煩。」她不覺自言自語。

只聽老醫生再說：「不要說我看到那些軍人的姿態，就會膽怯起來；而再在他們面前接受盤問，我真不知我兩隻腳能站得多久。」

聽老醫生既然這樣說了，雪麗想要再硬著頭皮拜託下去，幾乎是有點不好意思；況且，她也想，老醫生已這把年紀了，還是不要強人所難吧！便告辭回家。

回家後，真不知要再拜託那個醫生，想來想去，想了好久，甫記起她中學時代的一位同學。這位同學醫生姓戴。

戴醫生一聽明白她的來意，他不僅表現得較老醫生還來得恐懼，更是好不客氣地馬上一口拒絕，道：

「雪麗！妳不是在跟我開玩笑？」

「這種事情，會是開玩笑嗎？」

「那就對呀！妳想想看，」戴醫生直截了當露骨說：「這幾個月來，軍部正熱在頭上到處亂抓共嫌，每個華僑能避的都避開了！妳卻教我到軍部去為這種人出診？不是把我送上虎口？存心要我惹麻煩？……很對不起！即使那個人是妳丈夫，我也無法答應。」

雪麗強忍住眼淚離開同學醫室。丈夫遭遇這種事故，到處低頭求人已夠無奈，還要忍受人家的不諒情。

今天她到軍營獄中看見丈夫身體越來越不舒服，她心真如刀割，不知要怎樣才好！現在，她心情很有些矛盾，一方面她不曉得要再找那個醫生去，另方面她又害怕拜託醫生去。

真是有生以來頭一遭，她如此徬徨，無所適從。

……

坐久了，臀部感覺有些發麻，便移一移，卻想起還有好多衣服要洗。

來到天井，坐下來預備洗衣，發現沒有了肥皂，才記起肥皂在先前一次剛用完。

不得不站起身，到巷口的菜仔店買兩塊肥皂去。

雙手當梳子梳一梳長髮，也懶得再換衣服，就跨出門去。

時辰好像不早了，因為菜仔店在打烊前的一段清靜時間，幾乎有著一條不成規則的規則。在這時候，巷內所有男主人都會走出家門，到巷口菜仔店匯集聊天。她這時瞧見李伯伯河三、沈先生和王婆的長子王俊朗坐在玻璃櫃櫥前，跟站在櫃櫥後的菜仔店主人林啟鳴在講著話。她走過去，對四位請個晚安後，再向啟鳴兄要兩塊洗衣肥皂。

「這樣晚了，還要洗衣服？」林啟鳴一面拿肥皂，一面對雪麗說。

「沒辦法，」雪麗勉強笑一笑。「到一趟軍營去，總需大半天。」

「雪麗，老楊的洗冤有頭緒了嗎？」李河三抬起滿臉的皺紋，接口問。

「一點也沒有！」雪麗頹喪地說。

「交上去的伸冤書如何了？」林啟鳴把肥皂遞給雪麗，接口問。

「什麼動靜都沒有。」自從丈夫發生事情後，左右鄰人在各方面的幫忙，令雪麗又感激又欣慰；尤其，想不到的，這個相貌平平，不大喜歡說話的啟鳴兄，不僅性子溫和，為人慷慨，喝下的洋墨水非但比她多，還相當有基礎。據說是刻苦自修而成。故而一切刑事文件，她看不懂的，他便代她看；伸冤書裏說明她丈夫匯錢到大陸去，是去幫助其兄弟，而不是去資助什麼共產黨，也是他代筆的，再交給律師修改定奪。所以，照理，林啟鳴應該有較大的機會朝較好的事業發展，然生不逢時，因起居無定，又沒有學歷，再不時要為體弱多病、在菲僅跟他相依為命的叔叔代照料菜仔店；久而久之，菜仔店便成為他命運裏無法逃脫的事業了。

「不過，前幾天，聽幾位朋友說，華社一群有識之士正在聯合籌備一個『菲華各界援助無辜受累同僑特別小組』，以求對策，俾使案件能早日水落石出，令受監禁的人早日恢復自由。」李河三又說。

「有這種行動，多麼好啊！」王俊朗馬上興奮說。

「然這些人不怕被拖累嗎？」沈先生問。

「本著正義，有些人就是能義無反顧，勇往直前。」李河三說。

「這也是我們菲華社會令人感動的一面。」林啟鳴插口說。

「是不錯。」李河三點一點頭。「菲華社會雖說是一個商業社會，但亦是一個講仁講義的社會。賺錢之下，依然不忘守望相助。」

「那麼！相信楊伯伯的冤情定能在不久就會水落石出。」王俊朗掉頭安慰雪麗說：「所以，楊伯母！也相信不久楊伯伯就可以無罪出獄了。」

「但願如此。」雪麗咕嚷著。她希望這消息會是真的。

拎著肥皂，向大家道聲對不起，雪麗轉身剛要走出店門，忽覺啟鳴兄身後通往屋內的一扇門閃出人影來，她不禁掉過頭瞪眼一瞧，原來是啟鳴嫂從屋內走出來，身後還有個男孩跟隨著。她楞一楞，大家亦同時對這男孩的出現楞了楞。

「唷！啟鳴嫂，妳的長子是什麼時候回來的？」雪麗問道。

「回來有個半多月了。」

「很對不起！我一點都不知道。」雪麗歉疚極了地說。因為她覺得自她丈夫出事後，鄰人最關心她的，莫過啟鳴兄一家人，啟鳴嫂又是三不五時就去探望她。她這麼樣關心她，她反而對其家人不聞不問。

「這怎能怪妳。」林勁輝的母親搖一搖手說：「他是因為得了病才回來，就一直在家裏休息。妳不知，大家也不知。」

「是！是！是！我們也沒有人知道。」李河三等人都齊聲說。

林勁輝的身體是完全復原了，所以今晚才陪母親走出店口，想跟父親一起聊聊天。這是他未到依瑪市行醫去常有的情形；而從那一次在窗口瞧見楊伯母，至今又有兩星期。這時，面對面的看得清楚，楊伯母是更形憔悴，他不禁便問：

「楊伯母！楊伯伯怎麼樣了？」

「他現在在牢裏患著病。」雪麗憂傷地說。

「患了什麼病？」

「獄醫說是受了傷寒，但用了藥，不但不見效，早晚還會發燒。……」聲音裏充滿悽愴。

「不再找醫生看看？」林勁輝托一托眼鏡。

「獄醫說藥照用就是了。」

「這怎樣可以！」

「但不可牢外就醫，而外面請了醫生，一聽墨飛軍營，誰人又都不敢去。」雪麗說得好傷心。

林勁輝沉吟一下，自告奮勇說：「這樣吧！楊伯母！明天妳帶我到牢獄去，我給楊伯伯診察一下。」

「那……萬分謝謝！萬分謝謝！」雪麗喜出望外地感激得不知要說什麼才好。「明……明天早上八點我過來帶你去。」

踏著較來時輕鬆的腳步離開店口，大家直瞪著雪麗的背影消失在巷裏。

「雪麗真是何其不幸！」林勁輝聽到母親歎了一口氣，抒情地說：「有時，蒼天也會走了眼，錯將好人當壞人。」

「啟鳴嫂！」有人回應。林勁輝聽得聲音傳來自王俊朗，他掉過頭去，但見這位年紀跟他相若，眉目疏朗，自幼玩在一起的鄰居玩伴，對著其母親說：「蒼天沒有走了眼，亦沒有錯將好人當壞人；是中國這個國家走了眼、錯將壞人當好人。」

「你是在講什麼話？」李河三皺一皺眉問，本來滿臉的粗厚紋條更顯得深沉。「什麼蒼天沒有走了眼，是中國這個國家走了眼、錯將壞人當好人，我聽不懂。」

「妳聽不懂？好！」王俊朗激動起來。「李伯伯！我首先問你，馬克斯、列寧、史達林……這一些傢伙好到哪裏？」

「都是一些憤世嫉俗、心理沒正常的傢伙。」

「好！我再問妳，馬克斯主義、列寧主義、共產主義……跟中國有什麼關係？」

「風馬牛不相及。」

「棄古聖先賢遺留下來的智慧不用，卻硬將這些跟國是風馬牛不相及的政體搬到國家來，這個中國國家不是走了眼是什麼？而奉上馬克斯、列寧、史達林……這類心理沒正常的人來救中國，這又不是錯將壞人當好人是什麼？……」

「青年人！還真有一套的看法。」李河三佩服地說。

「所以呀！」王俊朗搖頭晃腦世故說：「那能怪蒼天，蒼天既使有心要救中國，瞧見中國這情況，也只能無奈搖搖頭。」

「俊朗，你思想什麼時候如此成熟了？」林勁輝微笑問。

「還不是情勢所逼。」王俊朗回答說。然後瞧了林勁輝的母親。「啟鳴嫂！妳不會怪我對妳沒禮，亂否定妳的講話。」

「啟鳴嫂看見你後輩有如此見識，喜歡還來不及，那會怪你。」

「的確，」李河三眼神忽然嚴肅起來，貌似有著什麼很深的感觸說：「中國來實行共產主義，為禍之大，令海內外中華兒女在熬過八年的抗日苦難後，再陷於別一場苦難。……唉！就我來說，盼了八年，希冀一家人從此能夠團圓；豈知，還來不及團圓，共產來了，團圓無望，連音訊亦難溝通。……」幾乎滿頭已白髮，身材天生就比別人矮瘦。李河三十來歲就乘槎出洋，到呂宋謀生，中年，回鄉成親，先一人折回呂宋，再辦妻子隨後入境，唯手續尚未辦妥，太平洋戰爭爆發，交通斷絕，手續遂沒著落。待日本投降，成千成萬家離子散的人們重燃團聚的念頭，李河三也不例外。家鄉經過一場戰亂，百廢待舉，還是先將妻兒接出來，以後再說；於是，正屈指算著團圓的日子的到來，卻似突然地，平地一聲巨雷，不偏不倚，在他家鄉炸出一層無形的鐵牆，高高拔地而起。從此，他便又跟他妻子及僅在照片見過面的兒子隔絕了。

「就算不惜鬩牆，也非實行共產主義不可，」李河三再說：「到頭來，人家怎麼樣看待你，一方面對你戒心，一方面鄙視你。最顯明擺在面前的，東南亞掀起的排華之風，菲國的捕共風暴，及那一條繼一條的菲化案。這一切的一切，能說跟你中共在中國大陸實行共產主義無關嗎？而令人憤慨的，中共的倒行逆施，卻要華僑為他背十字架、付出代價。……」李河三說到最後，似乎又觸動了他另一波痛苦的遭遇，說話也就比較重了。

戰前，李河三是在一間華僑所擁有的零售店幫忙，直至菲國全面獨立。零售商菲化案通過後，緊接著便又通過零售商禁顧外僑職工案。李河三的顧主雖是位華僑，但已屬第二代，老早是菲律賓籍民，因此在限定時間裏，需辭退李河三。令他一時如熱鍋上螞蟻，萬分焦急，因為他明白，自己上了這一把年紀，身上又沒一技之長，還能找到什麼工作？也真不出其所料，限定時間一到，什麼工作都沒有著落，就只有賦閒在家，坐吃山空，當然連帶寄回家鄉的錢也沒有了，沮喪之情由然而生。回顧一生坎坷旅途，但覺天倫距離他是那樣遙遠，遂萌生了結餘生；幸同僑之情溫馨其心胸，才使其稍為振作。不久，一族親得悉其遭遇，問他道：

「正巧！我棧房剛需要一位瞻前顧後的人，你願意去嗎？」

「你棧房不是有人在管理了嗎？」

「管理歸管理，瞻前顧後是另一職位。」

「有這必要？」

「哈哈！多一雙眼睛代我瞻前顧後，我就多一份放心。」

李河三聽得明白，人家是在抬舉他，所謂棧房須要個人瞻前顧後，根本是藉口。

……

李河三話聲一落，沈先生便接口噓吁道：

「生而不幸為華僑呀！認了罷！」

沈先生出身於士紳侯門，一派斯文舉止行動無不深受「侯訓」影響。唯時代變了，也就跟著一般人從事於生意買賣，由於經濟方面較有實力，在中路菜市場邊經營一家規模算也是頗可觀的米店，數十年如一年，靠著這家米店成親立家，生活倒也過得無憂無慮。在這無憂無慮生活裏，做夢也沒想到，一條米黍業菲化案卻將他的平靜生活攪得天昏地暗了。好在賢慧的太太倒能鎮靜如常地對他提議說：

「天無絕人之路，你胸中墨水較我多，何不跟我一同教書去？」

一言撥雲見日。沈先生也斜著太太，他太太是在一間華校教書，他想，跟太太夫唱婦隨，倒也樂趣無窮。

……

「其實……」這時，林勁輝聽到站在他旁邊的父親開口說：「在當前中共執政下，幾乎沒有一個中華兒女能逃脫得了劫數。在大陸，人民生活也沒好到哪裏，一波繼一波的政治運動，不知逼死多少人、餓死多少人了？」

「啟鳴伯！你不提也罷，一提，更令人氣憤。」王俊朗說：「看看那些政治運動，什麼反右運動、三面紅旗、人民公社……。真是無法無天。」

「我常常在想，」沈先生說：「中共當年若是出於誠意救中國，說蔣介石集團腐敗必須推翻，那麼，推翻蔣介石集團不就夠了，為甚麼連國家名稱、政治體制、幾千年來老百姓遵循的社會傳統規範，也要連根拔起徹底的變更呢？」

「本來嘛！中國共產黨，表面是『中國』兩個字；然骨子裏是為第三國際的利益在工作。」林啟鳴說。

「所以呀！一個國情不適合共產主義的國家，強套來實行共產制度，對其老百姓將成為無法逾越的殘酷傷害。」沈先生做結論說。

……

猝地，靜寂的巷外，不遠處傳來摔碎玻璃杯的聲音。

「又有那個番仔（註六）喝醉了！」李河三說。

「啟鳴！時間不早了，關店吧！免得醉番仔進來打擾。」王俊朗一語好像打醒眾人，大家馬上行動起來，坐在櫃外的預備起身離開，站在櫃內的預備踏出櫃外關店門。王俊朗站身後，忽然對著林勁輝喊著說：

「勁輝！什麼時候有時間？一年多沒有見面，撥個晚上相聚聊一聊。」

「隨時隨地。」

「好！明天晚膳之前見。」

*註六・華僑對較一般低層菲律賓人的稱呼。

十七

林勁輝從墨飛軍營獄中回來，已是薄暮時分。真是的，探犯人須半天，診察犯人須整天。首先，他跟雪麗來到軍營，在大門入口處告知他要為位囚犯看病，就有一位軍警過來，把他倆帶到調查處，一到調查處，一軍曹取而代之，有禮貌請他倆進內，然後說要問話的長官因一時有要事在辦理，請他倆坐一坐等會兒。軍曹一走，就沒有人再來理會他倆，只偶而有一兩位雜務兵有事進出調查處，因常常見到雪麗到來，認識了，向她打招呼。他倆就這樣枯坐在那裏足要將近一小時，才有位較剛才那個軍曹階級好像高些的軍人過來，先是問雪麗帶來的這人是誰？來這裏要做什麼？雪麗將來由說了，軍人便一面問起林勁輝的身份、履歷、家境、工作……，一面要瞧瞧其身份證、醫科畢業證書、行醫證書……不一而足，再記錄下來。幸得林勁輝胸有預料，什麼都帶齊。這樣子查東又問西，足花去有三十多分鐘；而這人問畢，站起身，什麼都不表示，走了，依舊丟下他倆枯坐在那裏。再不知過了多久，又有位似軍官的過來，如法泡製問林勁輝這，查看林勁輝那，林勁輝都耐著心一一照答；然後，對方依然什麼也不表示，又走了。雪麗看著軍方這樣麻煩林勁輝，儘管早已有預料，心中還是有些過意不去，便對林勁輝說：「勁輝姪子！很對不起！讓你惹麻煩。」「楊伯母！這一點點查詢算不了什麼！」林勁輝把事情輕輕帶過去。

他倆又再坐下等，讓時間從他們頭上一分一秒溜過去。又不知時間溜過去了多少？那位首先請他倆坐下的軍曹，忽然出現在他們面前，手中拿著一疊什麼的，打開來，要林勁輝簽名。林勁輝接過一看，原來是一份剛才對他身份調查過的記錄，另一份是要他自我保證絕對遵守軍營裏的規矩簽名書。

林勁輝在上面簽了名，軍曹就請他倆到獄中會囚室去；而最先前說什麼那位要問話的長官始終並沒有出面。

林勁輝瞧瞧手錶，已是將近中午了。便想：這樣查詢做記錄就花去一上午。

雪麗憑她的經驗，以為到了會囚室，很快地，就可見到其丈夫，便對林勁輝說：「勁輝姪子！我丈夫一出來，你馬上就為他診斷，完了我們就回去。很對不起！讓你枯坐了整個上午。」

「楊伯母！不要介意，政府部門本來就是如此。」林勁輝安慰楊伯母說。

兩人在會囚室坐下來。會囚室是那樣簡陋，又帶著一股難聞的重濁氣味。一位管理牢獄的軍曹走過來，手中拎著剛才那位軍曹遞給他的那份記錄。在林勁輝面前把記錄看了一會兒，然後又開始對林勁輝問起其身份、履歷、家境、工作……一面問，一面對照記錄，看看林勁輝的答話是否符合。認為一切都沒有了出入，便說：

「好！等一等，人就出來了。」

這句「等一等，人就出來了。」一般聽來，應該是「即刻，人就來了。」然而，民間對「即刻」的解釋跟官方的解釋卻有些差距，民間的「即刻」是「馬上」，官方的「即刻」既使拖上一小時、兩小時也是「即刻」。因此，兩人一坐又是一多小時，雪麗心底裏真是急得如熱鍋上螞蟻，不知這一回是怎麼樣？還不見丈夫出來，又對林勁輝不好意思極了；忽見那個向林勁輝問話的管理牢獄的軍曹從其面前偶然跨過，她便馬上站起身揍過去，問：

「先生！我丈夫什麼時候可以出來？」

可是得到的答話，依舊是那句。「等一等，人就出來了。」

雪麗沒辦法，只有乾焦急。

林勁輝看得不忍心，再安慰道：

「楊伯母！再忍耐一下，楊伯伯總會出來的。」

「但讓你等又等，很不好意思！」

「楊伯母！別這麼樣說，我在家反正也沒有什麼事情做。」

不久，另一位軍曹來到林勁輝跟前，問：

「你是林勁輝醫生？」

「是。」

「很抱歉，我們獄長說，楊永吉的病已有軍醫在為他醫治，不必麻煩你了。」

雪麗一聽，渾身幾乎癱瘓在椅子裏再也不能動彈，心裏憂急起來，不覺喃喃道：「是怎麼樣回事？拖了半天，到頭來，竟不要讓人家為病人看病。這分明是在操弄刁難。」

「楊伯母！」林勁輝緊握一下楊伯母的手，安慰道：「儘管放心，我來處理。」說罷，心想：華僑有事入衙門不受到刁難才是奇怪。

於是，他站起身，鎮靜地、乖巧回答軍曹說：「謝謝你們為楊永吉看病，但我是楊永吉的親人（註七），今天來探望他，順便為他診察一下病情。」

「然……然我們獄長交代下來，說是不必了。」軍曹堅持地說。

林勁輝托一托眼鏡，沉吟片刻。「我可以見一見獄長嗎？」

「他就在辦公室裏面。」軍曹指一指會囚室左邊的一扇門。

想不到，獄長一見到林勁輝，便顯得不耐煩地開門見山唬嚇說：「你這樣關心一位共嫌，會不會是同路人？」

林勁輝並沒有被嚇倒，他笑一笑，平靜說：「楊永吉是我的親人，對親人的關心，我想，沒有不對吧！」

「可是，我們這裏已有軍醫在為病人看病。」

「我知道你們是非常關心這裏的每一個人的，既使是囚犯。」

「那你儘可放心你的親人，不是嗎？」

「不過，能多一份給病人關心，病人便能多獲一份溫馨。」

「你真地不怕被懷疑是同路人？」獄長突然出其不意再唬嚇一下。

林勁輝挺起胸，果敢地說：「獄長！犯人也是人呀！……所以，我相信，站在一個有著民主、又是人權的國度裏，你是不會反對我這麼樣做的。」

摸清官僚的弱點，「民主」、「人權」兩座大山壓下來。長獄臉色一變，沉吟一下，不再說什麼，便對著旁邊站崗的軍曹說：「告訴裏面，把楊永吉帶出來給這位醫生診療。」

見到林勁輝有如此的膽識，雪麗打從心裏讚歎不已。

而這樣折騰一下，時間又過去足有四十五分鐘。然後再坐下來等人出來。

少說前後在會囚室等了有三少時，楊伯伯才左右由兩位軍人「護送」出來。但見神情呆滯，行動遲緩，不僅老邁衰頹，更是形銷骨立。林勁輝不覺又想起他在依瑪市被誣指為中共同路人的事來，暗中感謝蒼天有院長，及菲朋友護著他。他向楊伯伯打個招呼後，就為楊伯伯診察起身體來，兩軍人卻不離去一直站在其身旁觀視。林勁輝瞟了一眼兩位「護送」的軍人，心頭不禁發笑地想：來個排場，好顯示事情的不隨便，官僚就是官僚，面子總須先顧。他為楊伯伯診斷畢，是輕微的肺結核，幸得來前，他已從楊伯母口中得知楊伯伯的病情概念，帶了一些藥來，他便將那些藥交給楊伯伯，囑咐每日兩顆，一顆早一顆晚。並道：「兩星期後，我會再來看你。」

楊永吉感激涕零地謝謝又謝謝。雪麗也感激不已，跟丈夫講了幾句話後，就與林勁輝離開軍營。這時，日已偏西，整天時間就這樣在軍營裏消耗掉。

……

林勁輝脫掉上衣在床上歇一會兒，才合上眼不多久，便聽到妹妹秋霞一面敲門，一面在門外說：

「哥哥！王俊朗找你來了。」

「教他等一下，我換件衣服就下樓去。」林勁輝從床上跳起來，隨便穿上一套頭衫衣下樓來。走出巷口，王俊朗問林勁輝道：

「用粥去好嗎？」

「好呀！」

「就到阿瑛的粥館用粥去。」

這間「阿瑛的粥館」已有四十多年的歷史，是位姓賴的華僑所主有。這位大家都呼稱他為「賴粥王」的姓賴主人，其生命過程中，跟李河三有些相若。也是早年離鄉背井，後回鄉成親，再隻影告別，只是二次世戰結束後，他手捷腳快，馬上把妻兒接出來；然，不知是美事遭天妒，一家團圓才不多久，妻子卻罹患胃癌去逝。悲慟之餘，為記念夫妻一場，他便將粥館改為妻子的名字。以後，父子兩相依為命，兢兢業業，粥館愈經營愈好，愈好聲譽愈隆，不出幾年，在華人區方圓百里內，已是無人不知、無人不曉；尤其是晚上，登門用粥的食客總是絡繹不絕。

跨過眉眉橋，再從華人區廣場一座有著幾百年歷史的天主教堂側邊走過去。一路上，王俊朗問起到軍營去的情況，林勁輝便一五一十說了。王俊朗聽罷，搖一搖頭，道：

「真是官廨大門蕩蕩開，有事無事麻煩地。」

「忍著應付，再麻煩也成不了問題。」林勁輝笑著答。

「很佩服你有這耐心。」

「算了吧！」

說話間，已進入王彬街。兩人眼前馬上出現一幅燈光如畫的繁榮景色，又似如虛如幻踏進一處充滿中華傳統文化的境地。王彬街是華人區的中心，這裏有著華文電影院、中文書店、華報出版社，中文鋪名霓紅燈更是櫛比鱗次。兩人走到第二段，不遠處已瞧見「阿瑛的粥館」門口人出人入。

「用粥嗎？」賴粥王的兒子賴維正瞧見林勁輝與王俊朗並肩走進來，便向他倆打招呼。

「是。」王俊朗答。

「抱歉！自己罷！不招待了。」

「別介意，你儘管忙你的。」

兩人坐下用粥，王俊朗對食堂四周巡視一下，不覺道：

「還是做食店這行的生意好，沒有受到菲化的影響。」

「這可能跟技術有關，因為烹飪也是一種技術。如工廠都不在菲化的範圍內。」林勁輝說。

「說得也是。」

「對了！你的塑膠工廠做得如何了呢？」林勁輝問。他到依瑪市去前，王俊朗的塑膠工廠才開工不多久。

「逐漸上軌道了。」說來也是坎坷的。王俊朗的父親生前是在經營一間零售五金行，約略兩年多前，老人家在店中忙著時，突然中風，便趕快送往醫院急救，卻來不及到醫院，就在途中斷氣。由於零售商菲化案法律規定，在零售商菲化案施行時，凡已持有零售執照者，可以繼續經營至持有者死亡，但不可轉讓其家屬。因此，王俊朗的父親一死，一家人靠吃飯的五金行，六十天後必須關門大吉，生活馬上發生了問題。

「雖然萬般起頭難，但有一番事業，心頭總比較踏實。」王俊朗有感又說。做為長子，負起養活一家大小是他的責任。跟父親學了十多年五金，當時，他便轉進做批發，因為批發不在菲化範圍內，可是批發須大資本，父親生前雖有留下了錢，但那是由汗水一點一滴儲蓄而來，可想而知能儲蓄得多少？資本不夠，唯有向銀行貸款。這一來，錢是賺了，利息可也令人喘不過來，算算一下，不划算，收罷；再轉做進口五金，可惜人家是一大批一大批進口，他只能一小點一小點進貨，價錢自不能跟人家競爭，虧了，只好再收了。這要怎麼樣辦？改行，他沒常識，不敢冒失亂撞，因為一旦撞錯了，連家人都要跟著他一起餓肚子。他雖曾一度也想過找個工作算了，但薪俸只能飽了自己，不能飽了一家人，不是長久之計。……真是，東也不是、西也不是，令他失魂落魄極了。

「所以，從昨晚到這時，瞧你一臉總是紅潤潤的，就知是雨過天晴。」林勁輝向王俊朗恭禧說。

「不過，從這一次我的遭遇過程，更令我體會到一件事。」王俊朗神情忽然嚴肅起來。「華社的守望相助溫情是令人感動的。」

也許，調節失魂落魄情緒的最好方法，就是找朋友聊天、訴苦，好解解悶。在不知如何是好之下，幾乎每天，王俊朗就是找朋友消遣時間去。一次，他找上一位多年不見的朋友，訴苦下，朋友用力在自己膝蓋上大大打了一下說：

「為什麼不早來找我！開塑膠工廠去好了。」

「但我一點常識都沒有。」

「有我在，我會幫忙你。」朋友拍拍胸襟說。

「你在開塑膠工廠？」

「我的命運跟你同一樣，父親走了，零售店關了，走頭無路之下，橫下心，冒然開塑膠工廠去。」

「這是你的本領。」

「哪裏！塑膠工廠是新興事業，市場大，尚沒有競爭；資本又不須太大。」朋友說：「我開，你開，互相配合，讓市場拓展更快。」

就這樣，王俊朗的生活總算安定了下來。

……

「這本就是華社的傳統美德。」林勁輝用紙巾擦一擦留在嘴邊的菜渣，回答話。

「所以，做為一位菲律賓華僑子弟還是幸福的。」

「你有這種感恩之心，真是難得。」林勁輝微笑說，卻想起自己應該要比王俊朗更加感恩才是，因為人生一路走來，他較王俊朗安定多，一家人都平安無事，雖然菜仔店也受到菲化限制，營業執照只能到其父輩截止。然其父親對他們這輩人的教育是看得遠的，曾對他們說：「在我還有能力之下，我要栽培你們個個都有專門知識，因為在這個時代裏，只有專門知識才有前途，才能走向世界；況且，專門知識愈高深，走向世界愈不成問，所以，希望你們都能好自為之。」現在他醫科有成，妹妹化驗師，大弟弟明年三月土木工程系就要畢業，么弟在修選牙科。若說美中有什麼不足的，是母親在催著他趕快成家，好有孫兒女可抱。

「什麼時候結婚？」由自己的終身大事想到他人。林勁輝問王俊朗。

「還沒有準確日子，也許明年，也許後年。……」王俊朗是在今年年初訂了婚，他是在長途電話裏向林勁輝報喜。

「為什麼這樣子？」

「待塑膠工廠較穩固下來。」王俊朗說。

「人家願意嗎？」

「我把這意見反映給培英，她非但沒有反對，還認定生活有計劃是對的。」王俊朗心頭直覺有股甘甘甜甜的。

「你很福氣，遇到一位通情達理的女孩子。」

「應該謝謝你與嘉惠。。」嘉惠是林勁輝的一位多年女朋友，又跟培英是中學同學，因性格同屬內向型，離校後還經常往來。是她拉林勁輝作媒把培英介紹給王俊朗。三年前她到臺灣入大學讀書去。

「這是緣份。」林勁輝抿嘴說。

「還常常跟嘉惠通信？」王俊朗想起問。

「是的。」林勁輝點一點頭，加上一句：「她明年就畢業了。」

「再下去，菲律賓華社，只有靠這些到臺灣讀書去的人士來傳薪中華文化。」王俊朗有感地說。

「我也有這感覺，」林勁輝點一點頭說：「瞧瞧這幾年來，華校多少老老師倒下去。他們學問之淵博，教學之敬業精神，幾乎都是出身當年中國華南華北之名校。……」林勁輝嘆一口氣再說：「而今之，中共為實行共產主義，教育毀了，固有文化消滅了，在往後的歲月裏，幾乎是別指望中國大陸會再有這樣德高望重的老師來繼承。」

「所以，不幸中之大幸，中國還保有一塊臺灣不被共產化。」

「更有幸，還將中華固有文化完整地保留下來。」林勁輝加上一句。

這時，兩人先後用畢了粥。賴維正也有了空閒，走過來，就在兩人旁邊坐下來。

「瞧你倆談得甚慎重的，是在談什麼重要事？」賴維正一坐下，便不客氣地問。三人早年是玩在一起的。

「我是在催促勁輝兄，明年嘉惠畢業回來後，馬上跟她結婚。」王俊朗戲謔說。

「對！勁輝兄！明年喜酒吃定了。」賴維正卻認真說。

「維正兄！俊朗兄是在跟你開玩笑。」林勁輝笑一笑搖搖手說。

「不！勁輝兄！你也該成家了。」賴維正口氣加重地說：「我對你說，成家有成家的快樂。」

「維正兄！」林勁輝盯一眼賴維正。「想必你是有孩兒了？才有這感覺。」

賴維正是兩年前結婚。「是的，上年，內子生了一男孩。」

「恭喜！恭喜！」

這位兩眉濃厚，皮膚灰褐，有些粗人樣子的賴維正，滿足地笑一笑後。話題一轉，便問林勁輝道：「什麼時候回來的？」

「回來已有兩個月了，因病回來，在家休息，不出門。」林勁輝答。

賴維正便問起林勁輝一些有關他在依瑪市的生活境況，林勁輝都有問必答；並且，還自動向王俊朗及賴維正兩人道出他在依瑪市遭遇著那些莫須有的事件。兩人聽了，都有一股無奈之感，王俊朗說：

「原來你在小城行醫也不是容易事。」

「其實，所謂『水裏躺沒處暖』，在這排華年代，何處不相同！」賴維正說：「就你們瞧這爿粥館，我敢打賭，你們一定打從心裏都很羨慕生意非常旺盛，是不是？」

「是呀！」王俊朗點點頭。

「可你們可曉得嗎？衛生署三天兩頭就來打擾。」

「哈！」王俊朗自我嘲笑一聲說：「你粥館是衛生署打擾，我塑膠工廠是火警局打擾。」

「說這裏缺衛生，那裏不符合衛生。」

「同樣，說工廠這裏缺安全，恐會著火；那裏設備不周，又恐會走火。」兩人一唱一和。

「而且，」賴維正頓一頓。「前幾天夜裏打烊前一刻，忽然進來兩位魁梧大漢，大模大樣、坦然無懼地進行打劫，把一整天所得的款子盡數拿走。」

一聽到這種事，林勁輝及王俊朗即刻緊張起來。林勁輝問：

「嚇壞了！」

「幸得沒有流血。」

「報警了沒有？」

「報了等於沒報，警察連行動都不行動。」賴維正無可奈何地搖一搖頭說。

「為什麼這樣子？」

「華僑呀！」賴維正嘆一口氣。

「華僑也納稅。」想起楊伯伯被捕，自己被誣，朋友被欺被劫，林勁輝幾乎是受夠了，憤憤不平起來。

「才不理你這一套。」

「不理也要幹。」林勁輝激動說。

「有用嗎？」

「有行動總比沒有行動好。」林勁輝說。

「有時，我也是這樣想。」王俊朗說。

「總不能讓盜賊永遠逍遙法外。」林勁輝道：「要不然，盜賊會愈來愈猖獗。」

「這一年來，已是愈來愈猖獗了。」賴維正說。「這似乎是一個集團，一到晚上，便專門在華人區出沒，窺伺夜行的華僑動手，華僑被搶被劫的已是不計其數。所以現在一到晚上，華僑能避免出門的都不出門了。」

「既然已是到了如此嚴重田地，就更不能姑息養奸。」林勁輝臉色凝重地說：「雖然華僑是弱勢群族，但一樣也有應得的權益，生命財產受到保障是理所當然；因此，不管大環境對華僑如何不利，也一定要堅持爭取到底。」

＊注七：菲人對親近的朋友總喜歡稱親人。

十八

又過了一星期。一夜，賴維正打了一個緊急電話給林勁輝，說他父親胸部突然感覺悶塞，呼吸困難，希望林勁輝能過來為其父親瞧瞧。林勁輝聽罷，但覺事情不妙，要賴維正馬上將其父親送進附近的醫院去，說他掉頭就到。

林勁輝一面換衣，一面邀王俊朗同行。兩人來到醫院，林勁輝發現賴維正的父親血壓驟升甚高，除立刻讓他服藥外，趕快指使護理人員安置一番，老人家血壓才慢慢降了下來；時至將近子夜，血壓已恢復正常，老人家也睡著了，林勁輝便對賴維正說：

「是沒事了！但就讓賴伯伯在醫院休息一晚。」

由於醫院是在華人區西端，所以林勁輝來回醫院，都需經過一小段王彬街。他跟王俊朗離開醫院，轉進王彬街。街面雖然已一片靜寂，該歇的商店皆已歇了，然那閃爍得似晝日的霓紅燈還照耀著大地，令行人一步步走得尚可悠哉悠哉；唯可惜，穿越王彬街後，霓紅燈沒有了，大地便突然像陷入了黑暗裏一般，所幸，那一柱柱顯得那麼孤單的路燈，儘管已是那樣羸弱得只能發出淒清如豆的光亮，總算還是能為大地照出一條路來。

兩人踏出華人區廣場，剛跨上眉眉橋，但見前面有個老人踽踽行往橋上。王俊朗眼尖，指著說：

「勁輝！你看，走在前面那個人，不是李伯伯嗎？」

林勁輝本能托一托眼睛。「是……是！是李伯伯。」

「這樣晚了，還一個人走在路上。」王俊朗說。治安不靖的時刻總讓人提心吊膽。

「應該是有什麼要緊的事出門去。」

「追趕去，跟他一路走回去。」王俊朗提議說。

兩人剛起步要追上去。李伯伯走在橋上的地方。黑暗中，旁邊突然閃出兩個人來，迅速地一前一後將李伯伯夾在中間。

「這兩人是誰？」林勁輝敏感地問。

「朋友？」

「不對！那會有朋友躲在橋邊，又那會有朋友一前一後把朋友夾在中間？」林勁輝才疑惑地反問說，卻見李伯伯強行要竄出前面那個人攔住的去路。

一陣晚風從半空中吹過來。後面那個人便將李伯伯雙手往後拉住，李伯伯便拚命地掙扎。晚風送過來前面那個人的聲音，說：

「你再掙扎，瞧你要命不要命？」

說罷，舉手一揮，一道金光在空中閃過去，但聽到李伯伯「哎唷」地叫了一聲。

「別再跟他囉唆，我已把他的雙手拉住，快搜他的皮夾。」是後面那個人說的話。聽得再清楚不夠。

「是了，是打劫！」王俊朗失聲喊起來。

「趕快過去幫忙，」兩人馬上跑上去。林勁輝提醒說：「拿下褲皮帶當武器。」

但是兩人發覺得快，劫徒機警得更快。劫徒一見有人影跑過來，前面那個人便對他的同伴揮揮手說：「皮夾拿到了。有人來了！趕快走！」

兩人來到李伯伯身邊，劫徒雖已去遠，李伯伯卻還滿面驚恐。

「李伯伯！你沒事罷！」林勁輝才關切一問，便見李伯伯手臂上有著一條長長的血痕，還涔涔地流著血，不禁惶急起來。「李伯伯！你受傷了！」

「幸虧是淺淺地只割到皮膚層。」李河三心頭已稍微鎮靜下來，瞟了一下傷痕。

「別處還有受傷嗎？」林勁輝又問。

「沒有了，劫徒只向我揮一刀。」李河三青白的雙唇已漸漸紅潤起來。

林勁輝便掏出手帕為李伯伯包裹傷口。

「劫徒搶走你多少錢去？」王俊朗幫著包紮傷口問。

「把整個皮夾拿走。」

「李伯伯！這麼樣晚了，你是到哪裏去？」王俊朗又問。

「今天棧房工作多，所以忙到這時才回家。」

「還以為你是有什麼重要事出門去。」

「這樣晚了，哪會有什麼重要事。」

包妥了傷口，林勁輝道：「李伯伯！你應該到華人區警察局報案去。」

「報案去？」李河三怔了一怔。

「為保障你的權益。」

「我……想，不必要了，只不過丟失一個皮夾，傷口也不妨。」李河三想息事寧人地說。

「但你不報案，是在縱容劫徒。」林勁輝強調說。

「但報了案，警察也不會有什麼行動。」

「李伯伯！」王俊朗說：「不管警察有行動與否，報了案，總可給警察當局在治安上作個參考。」

「你的話是不錯，」李河三猶豫地說：「但……但……」

「但什麼？」林勁輝問。

「我不懂得如何報案，亦不大懂得說菲律賓話。」

「你放心，我兩會陪你去。」王俊朗說。

李河三頷首。「既然有你倆人帶，我就報案去。」

無獨有偶，隔了不幾天，依然是一個繁星已靜靜地高高掛在夜空的時分。巷口的菜仔店，坐在玻璃櫃櫥外的李河三與王俊朗，及櫃櫥內站著的林勁輝和其父親，已閒話多時，卻始終未見沈先生到來。

「今晚怎樣不見沈先生？」李河三問。

「我來時，經過其家，門還關得緊緊的，想必外邊還有什麼事，尚未回家。」王俊朗說。

「啟鳴，」李河三陡地想到什麼。「沈先生有子女嗎？」

「有。」林啟鳴點點頭。「一男一女。」

「為甚麼從未見到？」李河三皺一皺眉問。

「說來話長。」

「是怎麼樣一回事？」

「我也不大清楚，是當年黃先生告訴我的，因為你也知道，沈先生從來是不提其子女的。」

「是啦！是啦！」

「據黃先生說，沈先生是先生一男，再一女。男的到了十八歲時，因趕上日軍侵菲，參加了地下工作，敗露被捕，從此音訊杳然。……」

「這樣說起來，沈伯伯的公子還是位抗日烈士。」王俊朗打斷林啟鳴的話，肅然起敬說。

「是呀！」林勁輝亦仰然說：「爸爸！這種可歌可泣的事，你為什麼不說呢？」

「人家自己的事都不說，我那方便說！」林啟鳴回說。

「沈伯伯應該感覺驕傲才是，為什麼卻不願讓大家知道？」王俊朗不解地摸一摸鼻樑。

「我想，」林啟鳴有所諒解說：「不是沈先生不願告訴大家，說了，總會引起痛苦；而他當年會向黃先生說，是因為一杯下肚，多少痲木了，說了就不痛不癢。」沈先生是戰後才搬到巷裏來住，跟黃先生同樣喜歡淺飲兩杯。

「說得也是，」王俊朗點點頭。「驕傲壓不過喪子之痛。」

「那他的女兒呢？」李河三問。

「這真的讓沈先生夫婦痛更加痛。」林啟鳴喟然一聲說。

「他的女兒總不會也命喪於日本鬼子手裏？」王俊朗說。

「當然不是，」林啟鳴說：「據黃先生說，抗戰剛勝利，其女兒滿十六歲，不知在那裏邂逅一位左傾青年，雙雙便投奔延安參加共產黨去了。」

「怎樣會如此？」王俊朗兩眼愕然地睜得大大的。

「十六歲思想還不成熟啊！」林勁輝也不以為然說。

「用愛情騙走人，這左傾青年也太過份。」李河三聲音低沉，嘆口氣說：「沈先生很是不幸！失了一個兒子還不夠，再來失個女兒，難怪封口不想提這些事！」

正當大家在不知不覺愈談論著沈先生兒女的事，愈為沈先生感覺悲愴之際。沈先生忽然帶著太太踉踉蹌蹌進菜仔店來。

「沈伯伯！發生什麼事？」林勁輝眼快，但見沈先生一臉如土，沈太太也花容失色。

沈先生夫婦都同時先坐到玻璃櫃櫥前的凳子上，沈太太再向林勁輝要一杯溫水，林勁輝便倒了兩杯給其夫婦各一杯。兩人各飲了大半杯。沈先生臉色才見好轉地開口說了話。

「今天學校因有急事，校長招集所有教師開會。回來晚了，在眉眉橋上遇到了劫徒。」

「幾個劫徒？」王俊朗急促地問。

「兩個。」

「什麼樣子？」李河三緊張接口問。

「一個是……」沈先生一面想，一面說：「另一個是……」

「一點都不錯，也是這兩個打劫我。」李河三喊叫起來。「他們有傷害到你倆嗎？」

「他們說這是打劫，勿反抗；我兩便不反抗。」

「沈伯伯！他們劫走了你倆什麼東西？」王俊朗問。

「拿走我的皮夾。」沈先生說：「幸得皮夾裏沒有多少錢，而除了一張身份證，也沒什麼重要的東西。」

「倒是我的手皮包裏有串家裏的鑰匙。」沈太太擔憂地說。

「那明天一早我就趕快將家裏的門鎖換去吧！」沈先生說。

「沈伯伯！報案了嗎？」林勁輝問沈先生夫婦。

「報案有用嗎？」又再一位質疑。

「沈先生！我被劫時也曾這麼樣想。」李河三指指林勁輝及王俊朗，糾正沈先生的看法說：「但這兩位青年人開導我說，不管報案有用與否?總可給警察當局有個參考。我想一想，職責所在，他們心裏有數，是不能始終置之不理，所以報案也有一定道理。」

「沈伯伯！你若礙於語言困難，」林勁輝明瞭上一輩幾乎都有苦於語言的隔膜，便自告奮勇把話說在前頭。「我可以陪你們去。」

「我也陪你們去。」王俊朗馬上從凳子上站起來。

十九

接下來的日子，幾乎是每星期的，都會聽到華人區又有某某華僑被搶被劫的事件發生。林勁輝在儘可能辦得到的範圍內，都會跟王俊朗登門鼓勵他們報案；可是，不管案件在警察局愈疊愈高，依然未見警察有所行動，亦未聽到有某案件破案。

是華人區一個廟會的日子。一早，廟前廣場就張燈結彩，熱鬧非凡，善男信女都穿戴得整整齊齊前來拜拜。林啟鳴帶著太太也照樣服飾一番前來燒香磕拜，祈求風調雨順，歲歲平安。由於廟會總是排在星期天，兒女沒有上課，可以全天候代為看管菜仔店；所以，除了林勁輝跟著來，林啟鳴儘可藉今天這廟會，放鬆自己，找尋朋友寒暄，聊個沒完沒了；後來看見李河三來了，兩人更是在一起與朋友聊得不亦樂乎！

而同時，林勁輝陪母親燒完香，無意掉過頭去，卻見楊伯母向他微笑揮手，匆匆走過來。他便拍拍母親肩膀，告知說：「媽媽，楊伯母也來了。」

說罷，雪麗已來到其跟前，馬上伸出右手，把林勁輝左手臂牢牢握住，一疊聲地說：「勁輝姪子！很謝謝你！謝謝你！謝謝你！楊伯伯身體好多了。」林勁輝第一次去看了楊伯伯後，又一連再跟楊伯母去看了兩次。

「真是神明大保佑。」林勁輝的母親笑著說：「妳就多添點油，更希望楊伯伯能早日洗冤出獄。」

「我知道！我知道！」雪麗心情輕鬆地點點頭。

兩人才說了幾句話，又有人趨前過來。

「潘太太！妳好！」

「二姨！妳好！」

「三姨！妳好！」

林勁輝的母親聽到林勁輝向人家一一問好，她也掉轉頭來，跟潘太太、與自己兩妹妹聊一聊。須臾，沈先生和太太、王俊朗及母親王婆也先後到來了。

大家團團圍在一起，林勁輝的母親便提議到餐廳用茶去。

讓長輩走在先頭，林勁輝跟王俊朗並肩一面在後面跟著，一面交談著。

「勁輝！你有聽到嗎？」王俊朗說：「昨晚又有華僑被劫了。」

「不是前幾天才有華僑被劫？」林勁輝蹙一蹙眉。

「是越來越頻仍了。」王俊朗接著問：「勁輝！你瞧，報案有效嗎？」

林勁輝托一托眼鏡，迷惘說：「已報了這麼多案，卻不見警察當局有所行動。……他們果真若視無睹？」

「他們若果真如此，我們又有什麼辦法？」王俊朗歎一口氣。

「我……想，交涉去。」林勁輝提議說。

「交涉去？」王俊朗怔了一怔。「行嗎？」

「為什麼不行？」林勁輝堅定說：「被劫受害的人已是那麼多，至今竟然連一個劫徒也沒有抓到，交涉也是應該的。」

兩人說著說著，已來到餐廳門前，瞧見長輩一個個跨進餐廳裏，兩人也剛同時舉腳要跨進去；忽然，廟外廣場傳來尖銳的喊叫聲：「搶劫！搶劫！劫徒搶劫呀！」

兩人互視一眼，相偕縮回腳步，掉轉頭跑往廟外去。

但見有個中年婦人站在廣場中，指著前面，歇斯底里地喊：「劫徒！劫徒！搶走了我的手皮包，從這裏跑去了！從這裏跑去了！」

兩人朝中年婦人所指的方向瞧去，劫徒已跑得無蹤無影。

或者中年婦人尖銳的喊叫聲震動了廟裏廟外。一霎間，一大群人已團團將婦人圍住，便有人問：

「劫徒是如何搶走妳的手皮包？」

「我把手皮包夾在腋下，」中年婦人還驚魂未定說：「在這裏休息，劫徒便趁機從後面閃過來，將我的手皮包一把抓搶走。」

「劫徒有伴嗎？」另一人問。

「一個從我右邊搶走我的手皮包，另一個從我左邊跑過去。」中年婦人說罷，便有一個年青女子倉皇跑過來，「媽媽！妳受驚了。」一面替中年婦人輕輕拍著背脊壓驚，一面帶她坐到附近一張石凳子去；再另一年青女子過來，拿來一杯溫水給她喝。

人群中不覺騷動起來。

「現在治安是越來越壞了。」有人嘀咕。

「是的，連光天化日都敢搶劫。」有人回答。

「報案似乎也沒有用，不知如何是好！」有帶著沙啞聲音的從人群中傳出來。

「你曾經被搶過嗎？」有人問沙音的人。

「我被搶過，」沙音的人說：「而林啟鳴的大公子林勁輝帶我去報案。」

「我也被搶過，也是林啟鳴的大公子林勁輝帶我去報案。」

「我也是這樣。」

「我也是。」

一下子，聲音此起彼落都這麼樣說。

突然，有人大聲問：

「林勁輝不是在這裏嗎？」

「我也看見林勁輝在這裏。」

「我是在這裏。」林勁輝舉起手揮了揮說。

「林勁輝！這該如何才好！」有人便憂慮地問。

「你們願意到警察局交涉去嗎？」林勁輝大聲問。

「你帶頭，我們就跟隨你去。」

「好！明天早上九點，大家在華人區廣場集合。」

「一言為定。」

忽有一隻手在林勁輝肩膀輕拍一下，林勁輝回過頭去。

「是你！賴維正！」

「來遲了。」賴維正向林勁輝與王俊朗請安後，再翹起大拇指對林勁輝說：「做得好！」

「是不得已，」林勁輝無奈說：「到了這田地，不交涉去，還能怎麼樣？」

「明天我也會參加去。」賴維正決然地說。

三人手疊手會心一笑，再肩並肩轉進廟裏餐廳去。

二十

一早，林勁輝、王俊朗及賴維正就已到了華人區廣場，接著遭遇洗劫的受害華僑也都陸續到來。沈先生夫婦、李河三也到了。準九時，大家已聚集在一起。林勁輝將人數算了一算，竟達有半百。他不禁想：「再這麼樣下去，那還得了嗎？」

他帶他們來到華人區警察局，本想可以藉這麼多人數跟警察首長攤牌；那知，警察首長不在，助理謙恭有禮出面接見。當得知林勁輝等人的來意，助理一臉顯得不知情的神情抱歉說：

「有這麼樣的事情嗎？我一點都不曉得；不過，你們稍待一會兒，我問祕書去。」

女祕書更是傻了眼。「哪會有這種事情。」

「沒有這種事情，我們來這裏要做什麼？」人群馬上騷動起來。

瞧見這麼一大群人，助理不敢大意，便囑託女祕書說：「妳就查一查記錄看看吧！」

女祕書把一大堆記錄搬出來，斟酌地一張張翻閱著，助理也耐著心在旁邊幫忙；可是翻了好半天，都沒有林勁輝等人所說的記錄。

「的確沒有記錄。」助理說。

人群又騷動起來——

「沒有記錄？那會這樣子！」

「我們都來報過案，那會沒有記錄？」

……

但是——

「不要說，沒有一位華僑被搶被劫的記錄；甚至，連這近半年來也沒有任何人被搶被劫的記錄。華人區是非常平靜的。」女祕書翻得滿頭大汗後，慎重其事地說。

騷動稍大了。

「奇呀！沒有一位華僑被搶被劫的記錄，那我們的記錄跑到那裏去了？」

「華人區怎能說是平靜的？我們這樣多人在華人區被搶被劫！」

「奇怪！」林勁輝向王俊朗與賴維正互瞅一眼，也不覺嘀咕著。「這是怎麼樣的一回事？明明報案時，都瞧見在作記錄。」不過，他還是迅速教大家安靜下來。

「林先生！」女祕書忽然想到什麼。「你每次來時，是誰為你做記錄？」

「對呀！」林勁輝陡地發覺應該要找每次都為他做記錄的那個人才對，便把那個人的體型形容一下。「頭髮又濃又鬈，唇厚且闊，身體肥胖，肚子凸起，皮膚褐黑。他說他是……古布先生。」

女祕書揚起眉毛說：「是古布先生！你每次帶人來報案都是他在為你記錄？」

「不錯！」

「他是這裏專司報案的記錄員。」女祕書又說。

「我相信他一定認識我。」林勁輝說。

「可惜他不在。」

「哦！」

「他回鄉探望其母親去，因他的母親生病了，隔幾天就回來。」

「就這樣子吧！等他回來，我們定會將事情弄清楚，再向大家交代。」助理懇切地對大家說：「請大家包涵包涵。」

不得要領下，大家無奈只好商議另擇日子再來。

然而，是晚，時間已將近夜闌，林勁輝上床要睡覺了。忽然，有一通陌生電話打來要找他。

「你是林勁輝先生！」

「我是，請問是誰？」

「你不需要知道我是誰，因為我不過是只有幾句話要向你說。」聲音充滿低沉神祕。

「不管要說多或說少，總需通個姓名。」

「你聽著，」對方不想再理會林勁輝的話，直截了當說：「你這麼樣好管閒事，是為了什麼？」

「我好管什麼閒事？」林勁輝摸不著頭緒。

「別裝蒜！我問你，人家被搶被劫與你什麼關係？」聲音變為凶煞。

林勁輝先是怔了一怔，但馬上鎮靜下來。皺一皺眉頭，心想這是何話？便道：「大家應該守望相助。」

「哈哈哈！很會講道德。」對方呵聲大笑一下後，恐嚇說：「好！就讓你為守望相助付出代價吧！瞧你以後還敢不敢再守望相助。」

「守望相助有什麼不對？」林勁輝當仁不讓。

「還嘴硬，就等著瞧。」

然後電話斷了。

而幾乎是緊接著的，王俊朗家裏的電話也響了。電話裏同樣也陌生人要找王俊朗說話，聲音神祕又低沉。

「人家被搶被劫與你什麼關係？」

「互相幫助是應該的。」王俊朗本能也是一怔，然也能應付如常。

「你很愛你的同胞？」

「我是希望治安能安定。」

「好！等著吧！讓你為治安安定付出代價！」電話裏放出威脅。

「你是誰？」但，電話掛斷了。

再是賴維正，粥館打烊後，他打掃完畢，預備上樓去，電話鈴聲卻將他拉住。

「只不過打劫你一次，你就不甘心要抓拿我們了？」

「不是不甘心，是要維護法律的尊嚴。」想起店中被劫的事，賴維正的牛脾氣不理什麼神祕電話反彈說。

「好了不起的高調子。」電話裏聲音陰沉沉的。「然你可曉得我們為何打劫你嗎？你把咱們國人的錢都剝奪盡了。」

「我開粥館做生意有什麼不對？」

「你們就是藉做生意來剝削咱們菲人，」

「我們是依法做生意，沒有剝削任何人。」越發反彈。

「別來嘴硬。總之，你一而再想要抓拿我們，是非讓你吃點苦頭不可。」話調是那麼強硬。也是是夜，沈先生夫婦也不能免地接到一通神祕電話。

「打劫少些錢就需要報警捉人嗎？」

「打劫總是犯法的。」沈先生小心翼翼說。

「打劫華僑不是犯法的。」

「你是誰？為甚麼如此強詞奪理？」沈先生儘管緊張，但覺不能示弱。

「我強詞奪理，是因為跟你們華僑講話，本來就不能用理；至於我是誰，我告訴你，我是要教訓你的人，看你與你的朋友以後還敢來跟我作對。……」

李河三也在酣睡中被神祕電話吵醒。

總而言之，日間跟林勁輝到警察局交涉去的被劫者，幾乎個個都在晚間受到神祕的電話所威脅。

二十一

一日中午，林勁輝的父親林啟鳴在店中做生意，一位菲裔青年進來要買包香煙，隨手掏出張二十塊錢的鈔票給林啟鳴。

由於一包香煙是十塊錢，林啟鳴就找零十塊錢給對方。

「為甚麼才找零十塊錢？」菲裔青年接過手一看說。

「青年人，一包香煙是十塊錢。」林啟鳴解釋說。

「是啊！十塊錢，所以是找零四十塊錢。」

「為什麼四十塊錢？」林啟鳴怔了一怔。

「我給你的鈔票面額是五十塊。」

林啟鳴笑一笑說：「青年人，你的鈔票是二十塊。」

「不！你看錯了，是五十塊。」菲裔青年一臉顯得認真的神情。

林啟鳴也不敢大意，便打開錢櫥仔細瞧一瞧。由於他接受這位菲裔青年的鈔票後，還未再接受其他顧客的鈔票，因此菲裔青年所付的鈔票尚放在最上面。明晰是張二十塊錢的鈔票。

「青年人，鈔票是二十塊。」林啟鳴一面說，一面把鈔票拿出來想讓菲裔青年過眼。

豈知，菲裔青年面色一變，沉著說：「你想欺弄我？隨便拿張二十塊錢的鈔票搪塞說是我的？」

「我沒這個意思。」林啟鳴趕忙說。下意識但感事情有點不單純。

「然我明明是拿張五十塊錢的鈔票給你。」

「青年人，是二十塊！」林啟鳴還是和氣再重申一下。「的確是這張二十塊。」

「是五十塊。」菲裔青年語調愈趨霸氣。

由於二十塊錢的鈔票是淺紅色，五十塊錢是紅色，顏色有點相近，容易混淆。就這樣，一時爭執不下。

也許，兩人的爭執聲傳進了屋內，林勁輝跟母親相偕跑了出來。

「是什麼事？」林勁輝的母親一出來就問丈夫。

但是尚未得到丈夫的回答，卻看見菲裔青年耍賴地威脅著其丈夫說：

「你若不找零四十塊錢給我，瞧我不將這玻璃櫃櫥打破才怪！」

聽得林勁輝的母親一下子無不心驚膽戰，待丈夫將事情的來龍去脈說了，還回不過神來。

還是林勁輝冷靜地沉吟半晌，趨前問菲裔青年道：「朋友！相信你出門時，是有預先算過要帶多少錢的，現在請你將身上的錢再算一次可以嗎？」他想，只要你這時身上的錢是吻合那個數字，不就可找出答案了。

可是菲裔青年卻蠻不理喻地答：「我身上就只帶這張五十塊錢的鈔票。」

就在僵持著時，或者是想到寄人籬下。林勁輝忽然聽到母親對著父親說道：「這種死沒對證的事情，人家是地頭蛇，一耍賴，咱還能怎麼？他要四十塊錢，就拿四十塊錢給他好了。賠錢消災吧！」

只是賠錢真能消災嗎？菲裔青年拿到四十塊錢離開後，氣氛雖馬上平靜下來，大家也很快就將這事忘了；且，翌日，依然是平靜的一日。

然，再一日，中午，氣氛又突然變了。

林勁輝因李頓醫生來電話，說想找他談談，便找李頓醫生去了。弟妹工作的工作去，上課的上課去，母親幹了整部上午的家務，在休息睡午覺，屋內靜悄悄地；就只林啟鳴一個人在店中忙著。

一位菲中年男子帶了兩位國家調查局人員到來。

三位一來到林啟鳴面前，中年男子隨即指著林啟鳴，臉色有些膽怯地對兩位國家調查局人員說：

「就是他把偽鈔找零給我的。」

「偽鈔？」林啟鳴楞了楞。不禁心想：「這人是誰？」

才這樣一想，其中一位頭髮梳成飛機型的國家調查局人員，已將一張二十塊錢的偽鈔從公事包掏出來，攤現在林啟鳴面前，問：「這張偽鈔是你找零給他的？」

林啟鳴再瞧一眼中年男子，但覺有些面熟又不知此人是誰？便集中視力端詳夠盡。突然他想起來了——

原來前天他跟那菲裔青年為鈔票是二十或五十塊錢發生爭執時，剛巧這位中年男子進來要買包味精，便站在旁邊瞧熱鬧，直至爭執休了，菲裔青年走了，他才向他買了。

他要的味精也是十塊錢，他掏出一張五十的交給林啟鳴，林啟鳴便找零兩張二十的給他。

「我是有找零兩張二十塊錢的鈔票給他。」林啟鳴向飛機髮型的國家調查局人員坦率說：「但這張是否是其中的一張，我無法確定，因為顧客付我，我也是順手找零轉給顧客。」

「然我認得出這張偽鈔是你找零給我的。」中年男子口吻肯定地說：「因為這張色水較一般為濃。」

林啟鳴也斜看著中年男子，心中忽然記起，當時他找零兩張二十塊錢的鈔票給對方時，其中一張色水端的是有些較濃。

那時，中年男子買完味精，也許是出於好心關懷，便對他提點意見說：

「二十塊錢跟五十塊錢的鈔票是很容易混淆的，所以你以後在接受顧客的鈔票時，最好先在顧客面前聲名面額是多少一下。」

他正在找零給中年男子，就順手把那菲裔青年付給他的那張二十塊錢鈔票，再跟另張二十塊錢鈔票一起給予。說：「你說得也是！」然後指著菲裔青年付給他的那張二十塊錢鈔票再說：「就是這張鈔票，二十當五十。」

中年男子瞧瞧那張鈔票，好似發覺有什麼不對，再瞧瞧另張，然後並比一下，抬頭對他說：

「你看這張的顏色像是較紅。」

他湊過去也比較一下。「是不錯！」

……

他陡地領悟到什麼。「莫非那菲裔青年付予我的二十塊鈔票是假的？」

思念及此，一股有感事態複雜與無奈之情油然而生，因為要到那裏尋覓這位顧客對質呢？既不知姓名，亦不知地址，事情就必須要自己負責。他再瞟一眼中年男子，出於本能為求清白的衝動，他不假思索脫口說：「但你也瞧到是人家付給我的。」

「我不曉得！」出乎林啟鳴意料之外，中年男子斷然搖一搖頭說：「你掏偽鈔給我，陷我被捕，還要我怎麼樣？」

林啟鳴心頭一冷。「你誤會了！我確實不知這是偽鈔。」說著，不期然有些慌了。

「不管你知不知這是偽鈔，鈔票總是從你手中轉交給他。」另一位生就一臉橫肉的國家調查局人員馬上抓住林啟鳴的脆弱心理。「而擁有偽鈔是刑事案，要繫囹圄的。」

林啟鳴一聽，一棵心幾乎無底地往下沉下去。臉色一下子猶如一張白紙般的。

「你不必害怕。」飛機髮型的國家調查局人員眼神真會做作，一轉眼，向林啟鳴適時釋出撫慰說：「但法律也有轉圜餘地。」

「如何？」出於人類天性的弱點，林啟鳴慌不擇言地問。

「法外施情，我可以幫你向上司說情去。但……」飛機髮型的國家調查局人員聲音盡量壓低說：「總須點孝敬。」

「多少？」幾乎已是官場普遍的一種交易。林啟鳴問。

「不多！不多！」對方似乎不在乎說：「你就交我五千塊，我代你說情去。」

「什麼！五千塊！」林啟鳴幾乎喊出聲來，但忍住了。因為這能讓你有後退的餘地嗎？

林啟鳴雙重賠錢災難發生後不久。一日黃昏，他在店中窺見兩位便衣警察在巷裏渡來渡去，不久，又有兩位出現在巷口轉來轉去，行動都有些不尋常。令他杯弓蛇影，有著不祥的預感。「難道又有什麼麻煩將再找上門來？」他想。

但觀察一會兒，感覺四位便衣警探一舉一動都不是對著他來的。「那麼！是找誰來？」他另想。

夕陽餘輝逐步地隱沒下去，天邊亦逐漸由明轉灰、由灰轉暗。「日出而作，日入而息。」林啟鳴瞧著家人與鄰人一個個地回家了。先是瞧見雪麗到軍營獄中探望其丈夫後，順便到學校接其兩位兒子。

「回來了！」林啟鳴看見了雪麗，照例禮貌地打個招呼。

「是。」雪麗微笑著回一回禮。

「楊大哥好嗎？」忽然他想到這四位便衣警探是否再藉楊大哥事找雪麗來？因為自從楊大哥被誣告為共嫌鋃鐺入獄後，常常有不明警探來索取什麼獄中安全費。

「托你們的福，他身體無恙。」

但是只見雪麗向他稱謝走過去後，卻沒見四位便衣警探有何行動。「幸得不是來找雪麗的。」他想。大家都實在不忍再瞧見雪麗遭遇麻煩。

再來就是其女兒、次子、么子按時回來。家中一下子出現三個人，氣氛馬上熱鬧了起來。林勁輝在樓上看書，聽到弟妹聲音，也為休息伸伸筋絡，便下樓來跟弟妹聊一聊，再走出店中陪一陪父親；隔不多時，本來經常是沈先生夫唱婦隨一起回來。今天，例外的，卻是李河三先沈先生夫妻一步。

「今天怎樣比較早？」林啟鳴問道。

「生意淡，沒什麼事做，就提早回家了。」

林啟鳴一直不斷地瞟又瞟四位便衣警探，依舊一點行動都沒有。「這四人到底來這裏做什麼？」他不禁又想。

而差不了李河三十來分鐘，沈先生夫妻也回來了。

才向他們兩夫妻打招呼，林啟鳴但見四位便衣警探緊張了起來。

「原來這四位便衣警探是衝著沈先生而來！」他心底裏叫著。

林勁輝也有所覺察了，托一托眼鏡，直覺喃喃道：「沈先生是發生了什麼事情？」

剛這麼一想，四位便衣警探已來到沉家門口，將沈先生攔住。

原來，上星期，宿霧市有間大百貨店遭遇五劫徒夥同打劫，損失不貲，警察正奉命到處抓拿劫犯。沈先生卻被嫌疑是其中的一個。

沈先生嚇了一跳辯解說：「不要說上星期我人在岷市，宿霧市我至少已有十年沒有去過了。」

「可這總是你的身分證吧！」警探甲從公事包掏出張身分證來。

「我的身分證？」沈先生愣一愣，注視一下身分證，竟是他被劫的那張身分證。

不待沈先生愣過來，警探甲已又接口說：「也許你不知，你得手後，匆匆離去時，身分證卻不慎掉下地上。」警探甲說得繪影繪聲。

「不！」沈先生毅然搖一搖頭。「我這張身分證是不久前被劫徒搶走的。」

「沈先生！不是說謊？」警探乙故意用搜索的眼神望著沈先生。

「我當然是說真的。」沈先生神正氣定。

「有證據嗎？」

「我有到警察局報案去。」沈先生說：「你們可以到……」本來是要說「可以到警察局查看記錄去。」忽想到警察局沒有記錄的怪事情，不禁退縮地說不下去。

「我就知你不敢說謊。說謊被識破了，罪上加罪。」警探甲彷彿一下子就摸清沈先生的心思般笑著說。

而似乎都是胸有成竹，警探乙便道：「是呀！你若沒有去宿霧，身分證那會丟在宿霧？」

真是夠冤枉夠冤枉！沈先生氣得什麼話都說不出來。但轉念一想：「他們如此吃定我，一定是有了周全計劃才來。起碼，可以看出，警察局的記錄是已消跡。」沒有記錄，等於沒有証據，百口莫辯。

「其實，這也不是什麼解決不了的事情。你這張身分證，是宿霧一警察拾到後交給我的，我尚未呈送上去。」警探乙再說。

「咱們是很樂意幫忙人的，所以你若願意跟咱們合作，咱們也很願意跟你合作。」警探甲說。

「你知道嗎？跟咱們合作的人是百益無一損。」警探乙接著說：「譬如說，這張身分證你可以收回去。你不是就沒事了！」

沈先生聽著兩人一唱一和，心再想：「憑你們一句話，就可把身分證還我。原來我被劫後，身分證就落在你們手中，現在是想利用身分證來勒索我。說什麼我夥伴打劫百貨店，身分證丟落在宿霧市；又什麼身分證尚未呈上去，可以讓我收回來。說穿了！都是你們在搞鬼、造假、玩手腕。……」他不覺苦笑一下。

警探們看到沈先生苦笑，打心理戰精明的他們，馬上體會到一股無奈佔據了沈先生的心頭了。無奈能使人消極。警探丙即刻逼迫說：「咱們沒有時間在這裏跟你蹉跎，你不想跟咱們合作，就跟咱們到警察局去。」

「無論他們如何搞鬼、弄假，都拗不過他們；不跟他們合作，收回我的身分證，以後一件件麻煩事將會無完無了找上門。」沈先生想到這裏便故意反道：「不跟你們合作可以嗎？」

而所謂合作，就是「賠錢消災」。

二十二

王俊朗帶未婚妻培英看場夜間電影回來後，時間已近午夜，一家人都入夢鄉了。為避免攪醒人，他輕手輕腳盥洗了一番，也上床睡覺。但彷彿才睡了一會兒，朦朧中，便聽到有人喊失火。他閉著眼睛稍微翻一下身，想聽個清楚，卻嗅到一股燒焦味，是那麼濃濃的，猶似是從屋後院落飄送過來，於是他直覺意識到，是家中失火了。眼睛一睜，即刻從床上跳起來。但聽到妹妹在樓下叫著：「院落失火了！院落失火了！」

三步當一步下樓來，剛衝近院落，一股熱氣馬上迎面而來。他定一定神，火勢已朝天衝，當下被嚇得魂飛天外，六神無主。

這時，火光也已將左鄰右舍逐個兒驚醒了。院落外吵雜地有人喊失火了。

「我到巷口打鈴喚救火車去。」王俊朗對妹妹說，轉頭就要往外跑。

「不必了，我已喚了！」林勁輝行色匆匆及時出現在王家門口。他一面回應說，一面大踏步來到院落，但見火舌無情地燃燒著院落推疊的若干舊東西，還在兩支木製的曬衣架朝上蝕吞著。他馬上向王俊朗招一招手道：「來！去把那兩支曬衣架推倒在地，免得火舌延燒到樓上。」

一語點醒王俊朗，他跟林勁輝小心循著院落牆邊繞過去，合力把兩支曬衣架推倒在地。

曬衣架一倒，火舌就只能在地上竄，火勢馬上減輕了。兩人趕快跑進屋內。

屋內一時已人頭攢攢，鄰居都幾乎擁了來。個個面色驚惶，睡袍隨身。女性們開始著手幫王婆收拾細軟，男性們提議到巷口打開水龍頭，在救火車來前先行救火。林啟鳴也轉身要跟大家去打開水龍頭，卻忽地一瞥廚房一角不知何時被火舌延伸進來，星火正在燎燃，他心一慄，二話不說衝到廁所邊，拎起一桶裝滿水的水桶朝火裏攢去，再一面向跟他同來的次兒林勁耀喊著：

「快回家去拿滅火筒來！」菲律賓法律規定，凡買賣商店均需備有滅火筒。

沈先生、林勁輝與王俊朗合力打開水龍頭蓋，由於水龍頭久年不用，蓋子都生了鏽，三人費盡九牛二虎力，纔將蓋子打開。水柱一衝了出來，三人馬上被淋成落湯雞。彼此互望一眼，苦中作樂哈哈大笑起來。一面笑也一面迅速插進救火管，再把救火管拖上王家。李河三也彎腰幫忙來，王俊朗見了，叫著：

「李伯伯！咱們來就好。救火管粗重笨拙，小心別扭剉腰筋。」

不久，救火車來了，救火員熟腳熟手地；不一會兒，就將火熄滅。

看到火熄，大家放了心。由於時間尚早，便相繼又休息去。院落邊就只剩下王俊朗與林勁輝。兩人對著院落東張西望，好似在研究著什麼。

「俊朗！」林勁輝指著院落一些已被燒成灰的東西問：「那是些什麼物件？」

「都是一些破了的廚房用器，我母親不想丟掉，就推放在這裏。」王俊朗嘶啞說。

「應該不是什麼易燃的物件吧！」

「是的。」

「所以，既使著了火，也該是一點點的燒著才是。」

「照常理應該是如此。」

「那麼！會否電線走了火？」林勁輝又問。

「院落沒有任何電線。」王俊朗指著院落的四牆讓林勁輝看。

「是沒有。」林勁輝環顧四牆點一點頭。「俊朗！」林勁輝沉吟一下。「我有感這火災好像不是失火，因為失火的話，火勢不會剎那間便燒得這樣猛。」

「勁輝！你也是這樣看法！」王俊朗驚覺林勁輝的看法竟跟他雷同。

忽然，林勁輝彷彿嗅到一股什麼味道，掉頭對王俊朗說：「你有嗅到一股汽油味嗎？」

「氣油味？」王俊朗朝空氣間深深吸一吸。「是有股氣油味！奇了！家中並沒有用汽油。」

「現在，幾乎是可以確定，是氣油引發這場火災。」林勁輝說。無意抬頭瞧瞧院落跟外界相隔的一道水泥圍牆，高度大概只有丈餘。心中驟地意識到什麼，問：「俊朗！牆外腳下不是是一條通往眉眉河的水溝嗎？」

「是的。這條水溝也通過沈先生家後院，及楊伯伯家後院。水溝深且寬，所以圍牆雖低，也是難於攀越進來。」

「但有時會有鄰居菲孩惡作劇拋擲石子或什麼無用的東西過來？」水溝那邊，是一片有二十餘戶普羅階級菲人聚居之地。

「這種惡作劇是避免不了的。」王俊朗說。

「你有曾得罪他們任何人嗎？」

「若說牆後那些菲鄰居，大家碰了面點頭打招呼，都是甚客氣的，有什麼事好得罪他們。」

「這真令人困惑！」林勁輝說。

然而，困惑歸困惑，無能為力搜查出證據，就只有這樣保留困惑。「以後要多加小心就是了。」王俊朗無奈一笑說。

幸虧損失並沒怎樣嚴重。太陽一出來，王俊朗就去請了兩位木工來修補院落。

也許，因為彼此住所有些距離，賴維正到了中午方得知王俊朗午夜家裏失火的消失。他在黃昏生意比較淡時，才抽空看望去。一見面，就抱歉萬分地說：「未能及時來幫忙，損失如何？」王俊朗便告訴他說，幸得妹妹發現得早，而林勁輝及鄰人都趕來幫忙，才沒有釀成大災。「只是不知為何會忽然燃起這麼樣大火來？」王俊朗便將其跟林勁輝對引發如此火災的種種因素研討對賴維正說了。當然也只說說而已。賴維正坐到飯鋪晚餐買賣即將開始，方告辭而去。

回家路上，好朋友關係，賴維正心頭便也一直推測著失火原因。不知不覺已到了鋪口。

兩腳剛跨進鋪裏，突然有個食客喊起來：

「老板！請過來一下！」

賴維正一聽，本能抬起頭來。但見父親匆匆下櫃臺來，一面嘴裏叫著：「來了！來了！」一面走過去。

「你看！粥裏怎樣有死蠅子？」一個肩膀寬大，皮膚赭褐的菲男子食客指著他用的碗粥對父親說。

「有蒼蠅？」賴維正的父親把碗子接過來一看，但見用了一半的粥裏有隻死蒼蠅。「可能是廚師沒留心讓蒼蠅飛下粥裏。對不起得很！對不起得很！」賴維正的父親不斷賠不是又不是。

「那該如何辦？」肩膀寬大的食客還是不滿地問。

「我另換一碗給你。」賴維正的父親溫和說。

「有什麼用？整個鍋粥不都有蒼蠅的細菌了。換來換去，我還不是照樣吃上蒼蠅的細菌。」

「是！是！是！」賴維正的父親陪笑著不敢違逆對方的說詞。

「所以要換碗粥給我，就需將整個鍋粥倒掉，重新煮。」

「好！好！我……我就照你底意思教廚師做去。」賴維正的父親聲音裏帶著惴慄地說：「不過，先生！你要稍等一下。」在菲律賓，法律對飲食店的衛生規定是非常嚴厲的。

「不必了！我已沒有胃口可用了。」對方抹一抹嘴口站了起來。「算你今天走運遇到我，不想跟你計較；要是換別位食客，你可要吃上官司了。」

「先生寬宏大量，真是萬分感謝。」賴維正的父親感謝地說。

對方看也不看賴維正的父親一眼，昂起首一步步踏出店門。他沒有付錢，賴維正的父親也不敢向他要錢。待對方身影消失後，賴維正好奇走過去想瞧個究竟，卻見碗粥旁邊的兩道菜用得空空如也。

……

不日，又有一對中年菲夫妻到來用粥，一樣用到一半，丈夫忽然叫起來：

「粥裏怎麼樣有隻蒼蠅？」

不是。

賴維正這時在廚房裏忙著，一聽到食客喊聲，馬上放下工作跑出來；已見父親在向食客賠不是。

「瞧你這麼樣誠懇賠不是，我也不是一個不講理的人。人非聖賢，時也會疏忽。不過，我跟我太太今晚是不會繼續在這裏用餐下去，因此用餐的錢只好到別家用去。」丈夫說。

「不怪你倆！不怪你倆！」賴維正的父親鞠躬說。他暗中慶幸對方還心平氣和。

「那就對不起了！」丈夫站起身帶著妻子離開去。

賴維正來到父親身邊，朝食桌上的碗粥瞧了一眼，眉頭不禁蹙一蹙說：

「粥裏又有隻蒼蠅，且又是那麼大！」

「是呀！」父親輕歎一聲。

「但是，爸爸！我已十分小心了。」自從前次發生這種事情後，這幾天來，每次廚師在煮粥時，賴維正都躬親在旁邊巡視。「真是想不通，為何還會如此？」

「幸得兩次都遇上不難說話的食客，才把事件化無事。」父親似乎更欣慰眼前事件的化解。

「你就將碗盤收拾起來。」

賴維正伸手要去收拾殘碗餘菜，看見食桌上除了那碗有著蠅子的還剩下半碗粥外，另一碗是用得光光了；而四、五道菜也點菜不餘。

……

真所謂無三不成禮，隔不多久，再有三位穿戴如飛仔的菲青少年來到食店，照樣用粥用到一半，一位頭髮披散的青少年又發現他粥裏有隻蒼蠅；剛巧，這次賴維正跟妻子有事出門去，所以又是父親應付去。

而這次不管賴維正的父親如何道歉賠不是，這批青少年卻始終不領情就是不領情。

「你道歉賠不是有什麼用？我一旦吃壞肚子要如何是好？」頭髮披散的青少年哭喪著臉說。

「是的，事情那有這麼簡單，道歉賠不是就算了事！」同伴接口說。

「我看，你還是趕快找醫生用藥去。」另一同伴在旁邊慫恿說。

「但我沒有錢。」

「你沒錢有什麼關係。你在食店吃壞肚子，當然食店老板要為你善後。」

於是乎，青少年們便聚首自主計算起來。找醫生需要多少錢？買藥多少錢？總共少說也須伍佰。

「這樣吧！老板！」同伴代青少年對賴維正的父親說：「你就拿出伍佰塊給他找醫生用藥去。沒事了，大家都好；要不然，事情弄到衛生署去，你也是不好受的。」

看得出這批青少年是帶有欺詐恫嚇的成份，賴維正的父親心中明白，這次是非花點錢不可，但伍佰未免太多，認為兩三佰就夠了，然對方不鬆減就是不鬆減。最後，賴維正的父親只有無奈拿出伍佰塊了事。

賴維正夫妻回來後，其父親將事說了。賴維正不再是「想不通」，覺得事情有蹊蹺。因為他已是小心又小心了，不可能粥裏還會出現蒼蠅。這其中必定有詐。便與父親分析著：事情接二連三的發生，動作又都是那麼一模一樣——粥菜將近用完了，也快吃飽了，才發現粥內有蒼蠅。令人有感他們似乎背後是有計劃、有用意而來的，他們是一夥；而在粥內動了手腳，這樣子，不僅可享頓霸王飯，那批青少年還可勒索到金錢。當然，什麼沒了胃口、要到別家用去，都是假話。

「時不時要遇上這樣情形，咱們的食鋪不關門大吉才怪！」妻子擔憂說。

「那該如何辦？」父親問兒子。

賴維正腦筋一動，想出一辦法來：先將塊空碗放在食桌上，再在廚房把粥從大鍋分別放進小鍋裏；然後在食客面前，一杓一杓地，讓食客瞧得清清楚楚，從小鍋裏舀進碗裏。

雖麻煩點，但辦法果然應驗。以後，真地不再有類似的事情發生了。

不久，林勁輝得悉這消息後，把眼鏡往鼻樑上推一推，不禁心有所觸地想：父親的雙重鈔票風波、沈先生的身分證事件、及至王俊朗府上院落失火、賴維正食店粥裏被人放蒼蠅，這一樁樁事情的發生，猶似是有連串計劃繞著大家而來。

二十三

氣象局報告：又有一中強颱風將於星期天中午過後吹襲呂宋。

林勁輝星期天早上打開眼睛，便見天空陰沉沉一片。「今年天氣彷彿有些不正常，雨季幾乎沒見雨，到了季末，颱風才一個接一個而來。」他心想。起床來，在床邊稍作伸筋運動，然後走到窗口，但感風勢已一陣陣稍強地在窗邊游走。他忽然記起三年前，有一強颱風過境時，風勢之猛，將廚房邊屋頂上蓋屋的一塊鋅片吹捲掉，令廚房在那次颱風裏任由雨水肆虐流竄。『前事不忘，後事之師』，於是，他便戴了個帽子，從後院爬上屋頂去，將屋頂四周查察一回，認定不會有問題了，才下樓來用早餐。

用畢早餐，朝店中一窺，卻見二弟勁耀正在忙著賣麵包。菲律賓歷經西、美殖民統治達四百多年，各方面所受影響之巨，生活在都市的人們，早餐已習慣用咖啡麵包，甚至華僑也不例外。菲律賓人便自行製造出一種鬆脆狀如方塊型的一個個小麵包來，不知從何開始，便成為菲人早餐麵包中的主糧。林啟鳴跟間同僑開設的麵包食品生產坊有協約，接受店中作為對方一銷售站，每天早晨由對方交來大批這種鬆脆麵包，他們再以零賣出去。數十年如一年，利潤亦頗可觀。

他匆匆嗽了口，就去幫弟弟買賣。早年，從早到晚，菜仔店都是由父親料理；後來，他們兄弟妹長大了，懂事了，一有時間便幫著來，好讓父親多休息。畢竟，父親年紀已漸漸大了。

「七個麵包。」

一顧客進來買麵包，買完走了。

「十個麵包。」

再另一顧客進來……

的確，他們早上的麵包生意是挺好的。四周鄰人都過來買，一位接一位……

王俊朗人隨聲跨進鋪裏來。睡眼惺忪的才起床不多久。

「勁輝！今次颱風的到來是夠強大的。」他一面買麵包，一面關懷著今天的颱風。

「我有聽到氣象局的報告。」林勁輝一面忙著，一面回答。

「我昨晚就將屋裏所有電線認真巡視一番。」

「我一早也將屋頂瞧了。」

「是的，我們這些老舊屋子，最怕就是屋蓋鋅片經不起大風吹擊，及電線著濕走電。真教人擔心。」

「往後二十四小時處處小心防備就是了。」

王俊朗拎著麵包走出店鋪，雪麗卻擦肩而過進來。

「楊伯母！早！」林勁輝向雪麗打招呼。

「楊伯母要多少個麵包？」林勁耀接口問。

「依然十個。」

「楊伯母今天要探望楊伯伯去嗎？」林勁輝問。

「今天颱風天不去了。」

瞧見楊伯母今晨眉頭有些開展，林勁輝猶似有什麼預感，便問：「楊伯伯洗冤有進展了嗎？」

「中華民國駐菲大使館出面了。」雪麗欣然地說。

「哦！」林勁輝一楞，林啟耀亦一楞。皆不知這是一回怎麼樣事？

雪麗卻寄於厚望再說：「也許，可樂觀以待了。」

這時，接踵來了三、四位顧客，林勁輝兄弟忙起來，雪麗拎著麵包便走了。

不久，郵差送來了信。「有信。」

「這麼早就在送信。」林勁輝接過信說。郵差在這一帶送了幾十年的信，彼此都認識。

「好趕在颱風到來之前，將信送完。」郵差一面回答，一面馬不停蹄又走了。

林勁輝瞥一眼信封面，是蒂絲寄來的。因忙著，便把信暫放一旁，直到賣早餐的麵包時間過了，店中可留弟弟一人看顧著，他才拿起信，上樓去。

這將近三個月來，他跟蒂絲書信往來非常頻繁。

拆開信，信中先是向他問候，然後告訴他醫療隊的情況，說出外義診的活動沒有間斷過，現在越來越多村民都曉得有一支他們這樣的醫療隊了；一些認識他的村民還問起為甚麼他沒跟著來，他們非常想念他。接著，便興奮地寫著：

「……告訴你一個消息，幾乎轟動整個依瑪市，相信你聽了也會感覺非常高興，彬蘭磊因故技重施，大意地將用在馬莉莎祖母仁娜身上的詐財手法，亦用在鄰村的一位土豪，弄得土豪的兒子要殺他，他便不得不逃離依瑪市，躲到他處去。……馬莉莎說，這真是惡有惡報。」

林勁輝看到這邊，心有所觸地想，希望彬蘭磊能改過自新。至於他對他的不是，他是不想去計較的。

書信最後幾行，是問他何時回職，因為她計算，他的休養期已賸下十多天。將近三個月的不見，她說大家都很想念他……。

窗外開始飄起綿綿的細雨來。

他握著信，舉頭望向窗外，他何嘗不想念他們呢！

他想回信。

打開信紙，拎起筆，他告訴她，他也非常想念他們，鐵定會在休養期結束回依瑪市；並感激他們對義診繼續著；至於彬蘭磊之事，他就他剛才觸及所感的寫了，希望彬蘭磊能從這次事件中吸取教訓，改過自新……。

他寫著寫著，窗外的雨嘩啦嘩啦越下越大了，風也開始吹擊了。

才一瞬間，窗玻璃就咿咿咯咯地響起來。

愈響愈越頻仍、愈越急促……

到了中午，風已大大地加強了勢頭。

無線電臺有了廣播：颱風現在是逼進頂頭了，風是那麼的大，要大家不出門的避免出門，在戶外的找個可避風的地方躲一躲。

過了中午不久，風如脫了韁的馬，放肆地在半空中竄來竄去。

愈躥愈猛、愈躥愈凶，最後終於沒有避忌地恣縱亂吹一場。屋頂鋅片被吹打得咕咕作響，樹木被壓得不斷低頭彎腰，電桿上的電線也左搖右擺被作弄得喘不過氣來……。

足足肆威了小時餘，彷彿是疲倦了，風勢才慢慢地減弱。

然而，風去了，雨卻大珠小珠落盤地加大了；並且，有越下越大的趨勢。迄至傍晚，幾乎是傾盆地下。

「好多處低窪的地方都被水淹了。」無線電臺報告說。

「幸得這裏地勢比較高。」林勁耀聽到廣播慶幸說。這時，他們兄弟剛打掃完畢店門前風雨吹飄進來的雨水，正跟父母親聚在櫃臺邊一起聊天。

「但這種雨總有點教人不放心，不知要落到什麼時候才會歇止。」秋霞無奈說。

「的確地，有時，雨成氾，或變為暴雨，反而不是美事一樁。」林勁輝抬頭巡視一下店鋪四周屋角說：「所幸，屋子沒有漏雨。這屋子雖年代已久，倒還堅固得很。」他欣慰屋頂沒有事。

在一旁的母親，彷彿並沒有在聽他們談話，只不斷地觀望又觀望店外的雨景。忽然咕嘀說：「看這種天氣，天空頃刻就會暗下來。」

「反正今天全天天氣就是暗灰灰的。」丈夫回道。

「我看！飯前打烊好了。」林勁輝的母親掉頭對丈夫說：「反正在這裏坐了那樣久，冷冷清清也不見個顧客進來，還是提早休息罷！」

晚飯前，林啟鳴就將店門關了。用飯時，突然斷了電，四周頓時陷入黑壓壓一片，幾乎伸手不見五指。林勁輝便跟弟妹離開飯桌忙著打手電筒、點蠟燭；驟地，廚房叮叮噹噹掉下了什麼東西，黑暗中大家不覺嚇了一跳，兄弟妹即刻拿著手電筒、蠟燭先後跑進廚房瞧個究竟。原來不知從那裏跑來一隻花貓，也許是躲雨吧。在斷電漆黑裏，不小心踩到水槽邊剛洗淨了倒放在瀝乾的盤碟，幸得盤碟只滑進水槽裏，沒有打破。花貓已蹲在廚房角，兩眼睜得圓圓的，怯懦地望著林勁輝兄弟妹等人。

林勁耀釋然地哈哈大笑起來。「原來是一隻花貓，這麼樣有能耐，將大家嚇了一大跳。」

「牠是如何跑進來的？」么弟問。

「應該是從窗口爬進來。」林勁輝仰頭瞧著廚房的小窗說。

「把牠攆出去。」么弟說著便伸出手要把貓捉起來。

「弟弟！不要。」秋霞急忙住止說：「外面雨下得這麼大，就讓牠暫時歇在這裏好了。」

一家人又一起繼續用飯。在暗淡燭光下，林啟鳴忽想到什麼，一雙筷子舉在半空中，抬頭問妻子道：

「這兩天，雪麗有向妳提起什麼消息嗎？」

「我這兩天沒有碰著面。」林太太搖一搖頭。每次雪麗來菜仔店買包鹽、或瓶豆油、或什麼的，碰見她陪丈夫在一起看店，都會和她在一旁攀談幾句。「是什麼消息呢？」

「我昨天到鄉會開會去，聽他們說，根據得到的消息，楊永吉等人的案件，中華民國大使館已出面配合華社有識之士為他們奔波雪冤。」

「楊伯母早上來買麵包時，就有向我與哥哥提了」林勁耀插口說：「但，中華民國不是一個反共的國家嗎？」林勁耀不解地問。他早上跟哥哥就對這件事感覺迷惑。

「是呀！中華民國政府不是反共的嗎？」秋霞顯然也不懂了。

「但也不是一個是非曲直不分的政府。」林啟鳴明白兒女的疑問。

「哦！我明白了！」么弟眉頭忽然開朗來，搶著說：「反共之前，也要有是非之分。是就是，非就非。這才是一個真正政府的作為。」

「么弟！還是你聰明。」林勁輝陡地領悟過來稱讚弟弟說。

「真是天大的好消息！」事情弄清楚了。林勁耀心比心高興說：「有了中華民國大使館出面，說什麼是沒有比這更有力的保證了；所以相信很快的，楊伯伯等人就可以無罪出獄了。……」

突然，有人敲門。

「勁輝兄！請開門。」是王俊朗的聲音。

林勁輝放下飯碗開門去。

「勁輝兄！有蠟燭嗎？」王俊朗在門外撐著雨傘問。

「有！有！要幾條？」林勁輝說：「進來吧！」

「不必了！」王俊朗說：「就拿三、四條給我。斷電了，才發現沒有了蠟燭。」

「人之常情，都是這樣子。」

「瞧這樣雨勢，今晚會下個不停。」王俊朗接過蠟燭又說。然後走了。

王俊朗走後，又有三、四位顧客陸續敲門來買蠟燭。

整夜，林勁輝躺在床上，雨聲淅淅瀝瀝不絕於耳，甚且夜愈往深處走，雨愈越粗大；到了午夜，雨更是肆虐地下，加上斷電持續著，黑魆魆的天地，彷彿世界末日就將來臨一般，令人不知不覺衍生一股恐怖之感。一直到了天邊出現微弱魚肚白，雨才漸漸歇下來。

二十四

雨歇了不久，麵包食品店的送貨員踏著腳踏車交來了麵包，在店外喊叫著：

「麵包交來了！麵包交來了！」

「來了！來了！」

林勁輝在樓上房裏聽得到弟弟勁耀打開一小扇店門，接受送貨員送來的麵包，彼此聊了一兩句有關昨晚受颱風打擊有否什麼損失的話，才向送貨員說聲『拜拜』，店門口便起了一陣騷動，彷彿有點不尋常。林勁輝心頭不禁一怔，連忙跑下樓去。

跨進店中，一眼瞧見一群人正在店門口擁簇著林勁耀。

「是發生什麼事？」林勁輝匆匆走過去，問。

「他們急著要買麵包。」林勁耀掉頭對哥哥道。

「為甚麼？」見一群人身邊帶著一家大小，都是住在王俊朗屋後那片低窪的普羅階級菲鄰居。

「昨晚的大雨，都將咱們的屋子淹了。」一位站在林勁輝面前的鄰居說：「熬了一整夜，不眠不休，孩子都餓了，鬧著要趕快吃麵包。」

「好！好！」林勁輝便手忙腳亂幫弟弟將送來的麵包料理一下，好馬上賣給菲鄰居。

菲鄰居們一面買麵包，一面愁眉苦臉訴說著。「咱們那邊地勢低，水都淹過了屋頂。」一婦人鄰居說。

「而不知何故，水勢來得好猛，一下子就淹到樓上，又一下子淹過了屋頂，咱們什麼細軟也來不及帶出。」再一婦人說。

「的確，昨晚的雨幾乎是破紀錄的。」另一男士說：「是我一生中從未瞧見過這種雨。」這位男士瞧樣子已有六十多歲。

再輪到一婦女買麵包。她向林勁輝展示身上的衣服。「你看！……我渾身都濕透了，卻沒件衣服可換。」

好像一語喚起林勁輝的注意，他朝眾人看去，但見人群中，無論是大人、婦女、或小孩個個從頭到腳都是一身濕漉漉的，狼狽不堪。林勁輝惻隱之心不覺心頭起。

而這時更有一婦女還淚水汪汪對著林勁輝訴說道：「大水不僅淹沒了屋子，也毀了屋子；水若退了，屋子還需要修補，真不知一時要到那裏生活去！」

……

這時，天已明亮，家家戶戶皆開始出門買早點。當沈太太，雪麗、李河三、王俊朗……先後一出一入來買麵包，看見店裏店外菲鄰居圍在一起啃麵包，都好奇向林勁輝兄弟問起是一回是什麼事。當得知是屋子都被水淹了，大家心頭無不為之一動，站在玻璃櫃前不禁有所思之：想想昨晚的雨真不曉得是什麼樣子的雨，恐怖極了！一夜除空著焦急睡不著，根本是束手無策能做什麼預防的工作，唯一能做的，就只有祈禱上蒼保佑又保佑；而一夜過去了，總算平安無事，真是感恩又感恩。……

而王俊朗更思之：聽早晨無線電臺報告，大岷市大半地方都淹了水，令大家沒法上班上課，損失之慘重，為歷來罕見；而反觀巷內卻安若溫室，真是上蒼對巷內的人的特別眷顧。所以……要是這群鄰居災民有需要什麼幫忙的話，能及時幫上一手也是應該的……

想著想著，忽聽到林勁輝有意無意地對著他說：「天可憐見！要有個地方讓這些菲鄰居暫歇幾晚，多好呀！」

王俊朗一聽，神經驀地一振，問題彷彿馬上在他腦袋兒有了解決的辦法。「可以在巷內搭帳棚讓他們做為暫時棲身之地。」

林勁輝右手拎個麵包在半空中，猛地掉頭瞧一眼王俊朗，點一點頭說：「好主意！」然繼而一想，「可是要到那裏弄帳棚去，且人數又不少，巷內容得下嗎？」

「巷內搭個五、六張帳棚應該是沒有問題；至於帳棚，沈先生所教的學校應該有，因為以我所知，他們學校常常在主持童子軍露營。」王俊朗說。

「等一下讓我們問去。」

「不！我這就問去。」

一問，整個巷子馬上動起來。沈先生二話不說換上衣服，繞道到學校跟校長商量去。於是，搬運、打掃、搭棚……巷內家家戶戶，無論男女、無論老幼，都趕了過來，插上一手，體力所及能做什麼，就做什麼；再加上災民得悉要予他們暫歇在巷裏，快活得不得了，都趕來幫忙。一時，巷子一片忙碌。不出一個上午，帳棚搭妥，巷內打掃得清清潔潔，且每個帳棚內還裝有燈泡。

而沈太太、雪麗還不約而同在家裏翻箱倒櫃，把一些舊衣褲翻出來，送給災民替換。

接下來數天，女士們輪流幫助災民看小孩、弄飯；男士們幫助災民修補屋子。時間上，雪麗暫不探望丈夫去；王俊朗上午看店，下午幫災民修補屋子；賴維正也來了，索性便將粥館全交由父親負責。倒是沈先生夫妻，因災情慘重，學校休課一星期，因而取得了時間上的方便。

事實上，最忙的是林勁輝，他不分晝夜，為每一位鄰居災民檢驗身體，尤其是孩子，他更加小心，一有發現那個小孩咳嗽或流鼻涕，他就會立刻關注起他的生活飲食來。他時時都在注意四周的衛生，以防暴發瘟疫。

大家是忙得不可開交，但很奇怪的，大家越發忙碌，心情越發愉快。

四、五天過去了，隨著太陽露出笑臉，水退乾了，屋子亦修理得差不多了，災民都想回家去。不曉得是誰想出的一個別開生面花樣，說能跟鄰居災民在巷裏相處這四、五天，也是一種緣，就趁災民離開前，來個祝福晚會，讓他們歡歡樂樂一番；另方面，亦可藉歡樂來沖除四周霉氣。

皓月當空，星星閃爍。菲律賓人與生俱來的音樂天才，他們不僅歡喜唱歌，也很會唱歌。對著豐富的晚膳，大家一面享用著，一面彈著吉他引吭高歌。不分賓主一曲接一曲地唱，一首接一首地詠，交融地玩在一起，任由歡樂氣氛彌撒天際。

玩得幾乎忘了時間，忽然地，有人來傳話，說華人區的警察首長要來參訪，賓主無不受寵若驚，都拍手表示歡迎。不久，警察首長由兩三隨扈陪同而來，他是一個身體高大、肩膀有力的中年男士。他謙恭有禮地跟大家一一握手，一方面慰問災民，一方面向幫助災民的各戶致謝。林勁輝等人便請他坐下吃飯，「不急！不急！有一事讓我先向你們說明，再用飯。」警察首長和藹說。

於是，大家靜了下來，警察首長語重心長說了。「前不久，你們到警察局找我去，很不巧，那次我剛到總部開會去，害你們找不到人，真是抱歉萬分；不過，我回來後，我助理告訴我說，你們找我來，是因為華人區治安愈來愈不靖，好多搶劫案報了都沒有下文。我聽了，不禁一楞。事實上，包括我的助理、祕書，與局裏所有工作人員，在你們來投訴之時，皆感覺驚奇。因為長期以來，你們華僑的奉公守法，使華人區成為一個平靜安寧之美城，連外賊也不敢來這裏作案。這是人所共知之事。……」警察首長嚥一口口水再說：「但想不到，吾局記錄員古布先生卻仗他職位之便，吃定你們華僑不願生事的心理，勾結外賊來這裏作案，以為只要將報案的文件藏起來，表面粉飾得昇平無事，也就神不知、鬼不覺了——這就是為甚麼你們投訴時卻見不到了你們報案的文件。可是事情並不如他所預期的那樣稱心得意，你們的投訴，令他慌了，有著東窗事發的恐懼預感，故而冀能收到阻遏你們進一步的行動，他便先下手為強。第一著，他指使他人用電話恫嚇你們，再以行動打擊你們，利用什麼偽鈔、身分證，甚至放火、粥裏放蒼蠅……。都是他在背後用盡心機的所作所為，要你們知難而退。然他這一切心計，只有白費，因我已起疑，也在暗地調查了。……」

「原來這一切都是古布的設計。」林勁輝想起父親的雙重鈔票風波、沈先生的身分證事件、王俊朗府上院落的失火，以及賴維正食鋪粥裏被人放蒼蠅等等事情，不禁幡然有悟。他下意識瞧一眼父親，又瞧沈先生、王俊朗、賴維正，他們臉色都還是一樣安詳，似乎對事情已有所諒解。

再聽警察首長繼續說下去。「但是，我很慚愧，也很感動，你們華僑受到古布如此傷害，非但沒有記恨在心，反而在你們菲律賓鄰居有災難時，立刻伸出手幫忙。你們如此的善良，心胸如此的有度量，我實在很敬佩你們。」警察首長忽然略提高了吭聲。「不過，天網恢恢，疏而不漏。我捎個好消息給你們，前兩天，古布在畏罪下，終於伏首認錯，供出所作所為，現在政府正在依法起訴他。以後，華人區將恢復平靜，我保證，大家可以放心安居樂業。」

聽到這一消息，不僅林勁輝等人心頭掉下一塊大石；所謂「公道自在人心」，連菲律賓兄弟也連聲拍手叫好。

迄至將近子夜，大家才儘歡而散。

警察首長離開後，災民也回帳棚內休息。大家將四周收拾一下，也預備休息去。

但就在收拾時，幽暗靜謐的巷外匆匆走來一個人，大家不覺一怔，這樣晚了，還有人來，來人是誰？又來要做什麼？

那人一來到大家面前，便問：「請問，雪麗姨是住在這裏嗎？」在燈泡下，大家一瞧，是位三十多歲華僑，額頭平滑。

「志鵬！是你，是什麼事？」雪麗鑽出前來。

「這幾天為何不見你探望楊伯伯去？」志鵬的父親也被疑為共嫌監禁在墨飛軍營。兩人都是因去探視親人，而在那邊認識。

雪麗便將巷裏的事情說了。然後有點焦急地問：「牢裏是發生了什麼事嗎？」

志鵬輕鬆一笑。「雪麗姨！別緊張！我是來告訴你一個好消息。」

「好消息！」雪麗雙眉揚一揚。

「下午才宣佈的消息，楊伯伯無罪釋放了！」說這句話的人，聲音不大；但聽的人，如雷貫耳。

不僅雪麗，幾乎是大家，都不約而同為這突如其來的消息高興叫好。

「釋放的人數有一百多人，很慶幸，楊伯伯及我爸爸包括在內。」志鵬一面又說，一面也掩不住內心的喜悅與欣慰。

「真是皇天不負苦心人。」雪麗合十仰頭朝天拜了一拜，淚水已激動地從眼角淌下來。她吸一吸鼻水，再掉頭感謝志鵬帶來的消息，因而不好意思說：「時間這樣晚了，還煩你跑這一趟。」

「就是太興奮了，令人身不由己非馬上將消息告訴妳不可；另方面，妳明天也可一早就去辦理出獄手續，好讓楊伯伯早點回家休息。」

大家一個個地向雪麗恭喜。

沈太太站在雪麗旁邊，便緊握著雪麗的雙手說：「雪麗！總算雨過天晴了。」

「謝謝……你們……平時……的……關懷。」雪麗喜極而泣，幾乎說不話來。

「一夜間，便喜事連連。這能說不是上蒼的回報嗎？」李河三喃喃地說。

二十五

林勁輝回到宿舍，用完晚餐，坐到沙發，打開妹妹寄來的信函來。

「很快的，你回職去，瞬間已將一個月了，你好嗎？相信你一定會感覺驚愕，為什麼懶惰蟲妹妹會突然心血來潮寫信給你？是的，寫這封信不是出於我的本意，是楊伯伯一而再催我要代他向你問候。他這人很重情感，你到獄中給他診治，他一直感念不忘。他在你回職後不久出獄了，楊伯母馬上照你的指點帶楊伯伯到醫院檢查身體去，再弄補品給楊伯伯補身體。一家的重新團圓，靜寂了好久的屋簷又響起笑聲，而幾乎已被塵灰封閉的磨坊也「隆隆」地開始運作起來；迅速地，楊伯伯的精神來了，楊伯母的雙頰也紅潤了。幸福之神迷失方向後，又找到了路飛回楊家。

「至於這裏治安，沈先生夫妻有時學校有事；或李伯伯棧房工作多。大家回來晚了，都說路上現在平安了。我前天故意帶么弟看場尾場電影去，看畢已是午夜十一點多鐘。回家路上，不僅街燈如耀，人來人往，到處還好多行人。

「夠了，不寫了。爸媽無恙，一家人也都平安無事。」

得悉岷市那邊治安的平靜、楊伯伯一家的團圓歡樂，林勁輝放下信，不覺欣慰一笑。抬頭望向窗外，但見靜謐的夜空，明月如水。

突然，一陣急促敲門聲把他嚇了一跳。

「是誰？」

緊接著，門外傳來蒂絲的倉卒叫聲：「林醫生！是我，請開門！請開門！」

「來了！來了！」林勁輝收下信，從沙發裏一躍而起，開門去。「什麼事？」

「我爸爸摔斷了腿，好像挺嚴重的。」開門處，蒂絲一臉蒼白。「現在我們將他送來了醫院。」

「好！我換件衣服就過去。」

蒂絲回醫院後不久，林勁輝隨後也到。在急診室給黎加洛診察了一會兒，但見黎加洛痛得額頭冷汗大串珠大串珠一直地落。

「端的摔得好嚴重，臀部連腰肢骨可能破裂。」林勁輝神情凝重地憑他底醫學知識指著臀間腫得紅紅的部位。然後問：「是怎麼樣摔倒的？」

「沒有人看到，是他自己說，他要跨下天井，不小心一滑，便摔倒在地，再也動彈不得。」蒂絲說：「我們是聽到他喊叫媽媽，才過來將他扶起來。」

「可能摔下去時，強力地碰上某焦點。」林勁輝托一托眼鏡說：「最好找骨科醫生診斷一下。」

「可是這裏有骨科醫生嗎？」

「很湊巧，前星期才聘請來了一位。」林勁輝瞧一瞧手錶，猶豫一下。「不知睡覺了否，我試試打個電話過去。」

是骨科醫生接的電話，他尚未睡覺。從住家趕來，為黎加洛照X光，臀間的肢骨的確有破裂，且裂痕又相當大，所以才會疼得如此難受，需要馬上手術；而想不到一手術就是三、四小時，迄至凌晨兩點多鐘方大功告成，大家也跟著熬到兩點多鐘才鬆一口去。

「現在是需要好好療養了。」骨科醫生完成手術後對大家說：「往後一個月是動也不能動，所以最擔憂的是併發症，要多多注意肺部。」

「我會為他注意的。」林勁輝自告奮勇說。

「那很好。」

幾乎不分晝夜的，只要一有空，林勁輝就會跑來看望黎加洛。日子在療養中一天天地過去，很出乎意料，較預期來得快，還不到一個月，黎加洛已可大幅度翻身，幾乎完全康復了。

「後天就可出院了。」骨科醫生向黎加洛恭喜。認為黎加洛是體力強，才復元得那麼樣快。

「只是開刀部位在六個月內還是不能出力，所以如須行走，就要用拐杖。」

是晚，林勁輝來為黎加洛檢查，黎加洛突然將林勁輝的手腕拉住，神情激動，說：

「骨科醫生說是我的體力強，我才能復元得那麼樣快；其實，非也，是你的精心看顧，我才能復元得那麼樣快。」

黎加洛在臥病期間，精神上雖有些恍惚，也懶得說話，但從他入院至康復，林勁輝為他所作所為，他心中卻比什麼都來得清楚。

「那是……」林勁輝正要回答說「那是應該的」，站在旁邊的蒂絲喜出望外搶先插進口說：

「爸爸說得是。」

黎加洛瞥了女兒一眼，將林勁輝手腕握得更緊。

「都是我不好。」黎加洛神情懇摯地說：「你能原諒我嗎？」

林勁輝怔一怔。「黎加洛伯伯，你沒有做錯什麼，要我原諒你什麼？」

「有！我的偏見。」

「偏見什麼？」

「對華僑總都認為不好。」黎加洛歉仄地說：「所以當得知你來，到依瑪市行醫，再加上彬蘭磊的弄假煽動，我也恨不得把你攆出依瑪市去。」

「現在你知錯了。」站在病床另一邊的蒂絲母親兩手交抱，半冷嘲說。

「是的，太太！」黎加洛不但沒計較太太的冷嘲，反拳拳地說：「我是到了彬蘭磊故技重演被人識破追殺後，方恍然瞧清楚原來他是為了見不得人的利益，才要把人攆出依瑪市。」

「總算真相大白，誤會解除。」蒂絲雀躍說。

黎加洛凝視著天花板，低沉說：「我上了一課好寶貴的課。」

「哪一課？」蒂絲問。

黎加洛一眨也不眨。「林醫生每天對我的關顧，令我在病榻上深深領悟到：人與人之間是需要接觸的。不會一串葡萄都是好葡萄，亦不會一串葡萄都是爛葡萄。」

「爸爸！你說得好對！」蒂絲拍拍手叫起來。「謙虛真地能使人消除偏見。」

「而沒有了偏見，智慧就來了。」蒂絲的母親加上一句。

看到這感人場面，林勁輝幾乎有點不能自己，他不覺反緊握黎加洛的手臂，聲音沙啞安慰說：

「黎加洛伯伯！過去的事情都過去了，還提要做什麼？想想後天你就要出院了，那才是最快樂的事。」

「是最快樂的事。」黎加洛視線從天花板收回來，轉而投向林勁輝。「但我要你答應我一件事。」

「什麼事？」

「以後有時間能常常到我家玩去。」

「我答應。」林勁輝托一托眼鏡，點點頭。

「是男人的答應？」黎加洛忽然幽默問。

「是男人的答應。」林勁輝也幽默回答。（註八）

黎加洛再把林勁輝的手腕緊扼一下，眼神掩不住對林勁輝有多麼的喜愛，卻聽到妻子提醒說：

「好了！時間不早了，人家忙了一整天，也該讓人家回宿舍休息去。」

黎加洛放開林勁輝的手，對女兒說：「妳就送林醫生下樓去。」

兩人出了病房，並肩朝走廊走去。

「謝謝你改變了我父親的觀念。」蒂絲感激說。

「更妥的如你父親所說，是接觸。」林勁輝謙虛說。兩人繼續朝前走。

「雖是不錯，然接觸下，你卻無償付出關愛，這才是最大的影響。」

「是嗎？」

兩人下了樓梯。

剛步進大廳，兩人卻跟要回家的院長碰個正著。院長馬上把林勁輝拉住，說：

「我正要找你。」

「院長，什麼事？」林勁輝問。

「也不是什麼大事，只是要派你代表本院參加會議去。」

「參加什麼會議？」

「下星期，中北呂宋醫院要在碧瑤舉行兩年一度的三天會議，下午董事會開會，決議推派你與心臟醫生、腸胃醫生三人代表本院出席會議。」院長說罷，微笑伸過手去，輕輕拍一拍林勁輝肩膀。「你就預備篇報告吧！」

院長走後，蒂絲望著林勁輝，景仰說：

「能代表院方出席會議，是多大的榮譽！」

「也是院方對我的肯定。」林勁輝怡然說。

一次，他們義診隊到了幾個小村義診，回來時間已晚。蒂絲便提議到「山頂餐廳」用飯，她說因為林勁輝回職至今，大家尚未好好聚在一起用頓晚膳。

是夜，又是月明星稀。

一行人來到「山頂餐廳」，在臨崖處坐下用飯。節令又將近歲尾，山頭間晚風吹起，已帶有點沁涼的寒意了。

「很快的，十一月了，再過月餘就是聖誕節。」馬莉莎迎著晚風說。「很希望今年能繼續以義診來慶祝聖誕節！」

「妳這樣想？」蒂絲愕然問。

「是呀！」馬莉莎說：「因為做了頭一年，就要繼續做第二年，甚至還應該要有第三年，才是有始有終。」

「但若真地有第三年，林醫生也沒有跟咱們在一起了。」蒂絲說著瞥了林勁輝一眼。

然話聲剛落，另一聲音便起。「不會的，明年第三年我依舊會跟你們在一起。」大家視線都不約而同朝聲音來處瞧過去。但見林勁輝笑臉地泛著光彩。

蒂絲不解。「你跟醫院的合同不是到明年三月期滿嗎？」

「我可以續約。」林勁輝說。

「你在開玩笑。」蒂絲不信。

「我是認真的。」林勁輝一臉儼然。「我有一個夢。」

「什麼夢？」馬莉莎插口問。

「本來，我來到依瑪市行醫，是因為我沒有經濟能力出國深造，只好退而求其次，到小城鎮積累經驗，以冀回岷市後，方有機會進大醫院。」林勁輝平靜地敘述著。「可是到了這裏一年多以來，我不僅發現這裏民風敦厚，我更不知在這裏感受多少的溫馨及關愛。於是，感恩之下，我告訴自己，我要將這溫馨及關愛化為行動，將義診推而擴之，到更多的村子去給予那些需要援助的村民幫忙。所以，我會繼續留下來。」

「不後悔？」蒂絲進一步問。

「是深思熟慮後的決定。」

蒂絲陡地舉起杯子。「林醫生！敬你一杯！」

「也衷心敬你一杯！林醫生！」馬莉莎跟著舉起杯子。

於是，大家一個個舉起杯子來。

「林醫生！你好偉大！」心臟醫生舉起杯子說。

「林醫生！我好佩服你！」腸胃醫生也舉起杯子說。

「林醫生！咱們永遠站在你旁邊支持你！」身材頎長的護士，及左眉有顆青痣的護士同時拿起杯子。

「幫助你！」工役也不落人後。

一起向林勁輝肅穆崇敬地敬一敬後。放下杯子，馬莉莎朝著點綴在天邊的繁星，開心喊著：

「今晚好美啊！」

「也好令人難忘啊！」蒂絲眼眶已不能自己閃動著喜悅感動的淚珠，忽地，她輕聲地唱起「椰島晚曲」來——

椰林模糊月朦朧，
漁火零落映海中，
船家女輕唱著船歌，
隨著晚風處處送……

……

大家先是靜默地聽著她唱，接著便一個個跟著輕聲唱下去——

椰島夜，恍似夢，
紅男綠女互訴情衷，
心相印，意相同，
對對愛侶情話正濃。

椰林模糊月朦朧，
漁火零落映海中，
船家女輕唱著船歌，
隨著晚風處處送，
隨著晚風處處送，隨著晚風處處送……

《完》

＊註八：在菲律賓傳統上，也有這樣說法：男人答應的事是不能轉回頭的，同「大丈夫一言既出，駟馬難追」。

國家圖書館出版品預行編目

椰城風雨 / 許少滄著. -- 一版. -- 臺北市：秀威資訊科技, 2009. 05
面； 公分. --（語言文學類；PG0240 菲律賓・華文風叢書；1）
BOD版
ISBN 978-986-221-216-5（平裝）

857.7 98006406

語言文學類 PG0240

菲律賓・華文風 ①

椰城風雨

作　　者 / 許少滄
主　　編 / 楊宗翰
發 行 人 / 宋政坤
執行編輯 / 藍志成
圖文排版 / 鄭維心
封面設計 / 陳佩蓉
數位轉譯 / 徐真玉　沈裕閔
圖書銷售 / 林怡君
法律顧問 / 毛國樑　律師
出版印製 / 秀威資訊科技股份有限公司
台北市內湖區瑞光路583巷25號1樓
電話：02-2657-9211　傳真：02-2657-9106
E-mail：service@showwe.com.tw
經 銷 商 / 紅螞蟻圖書有限公司
台北市內湖區舊宗路二段121巷28、32號4樓
電話：02-2795-3656　傳真：02-2795-4100
http://www.e-redant.com

2009 年 5 月　BOD 一版
定價：300 元

讀　者　回　函　卡

感謝您購買本書，為提升服務品質，煩請填寫以下問卷，收到您的寶貴意見後，我們會仔細收藏記錄並回贈紀念品，謝謝！

1.您購買的書名：____________________

2.您從何得知本書的消息？

□網路書店　□部落格　□資料庫搜尋　□書訊　□電子報　□書店

□平面媒體　□ 朋友推薦　□網站推薦　□其他__________

3.您對本書的評價：(請填代號　1.非常滿意 2.滿意 3.尚可 4.再改進)

封面設計____　版面編排____　內容____　文/譯筆____　價格____

4.讀完書後您覺得：

□很有收獲　□有收獲　□收獲不多　□沒收獲

5.您會推薦本書給朋友嗎？

□會　□不會，為什麼？____________________

6.其他寶貴的意見：____________________

____

____

____

讀者基本資料

姓名：____________________　年齡：______　性別：□女 □男

聯絡電話：________________　E-mail：____________________

地址：____________________

學歷：□高中(含)以下　□高中　□專科學校　□大學

□研究所(含)以上　□其他______________

職業：□製造業 □金融業 □資訊業 □軍警 □傳播業 □自由業

□服務業 □公務員 □教職　□學生 □其他__________

請 貼
郵 票

To：114

台北市內湖區瑞光路 583 巷 25 號 1 樓

秀威資訊科技股份有限公司　　　收

寄件人姓名：

寄件人地址：□□□

(請沿線對摺寄回,謝謝!)

秀威與 BOD

BOD（Books On Demand）是數位出版的大趨勢，秀威資訊率先運用 POD 數位印刷設備來生產書籍，並提供作者全程數位出版服務，致使書籍產銷零庫存，知識傳承不絕版，目前已開闢以下書系：

一、BOD 學術著作—專業論述的閱讀延伸
二、BOD 個人著作—分享生命的心路歷程
三、BOD 旅遊著作—個人深度旅遊文學創作
四、BOD 大陸學者—大陸專業學者學術出版
五、POD 獨家經銷—數位產製的代發行書籍

BOD 秀威網路書店：www.showwe.com.tw
政府出版品網路書店：www.*gov*books.com.tw

永不絕版的故事・自己寫・永不休止的音符・自己唱